Scherz Krimi

Spannung mit Niveau

Jean De Weese

# Seitensprung ins Jenseits

Scherz
Bern – München – Wien

Einzig berechtigte Übertragung aus dem Amerikanischen
von Ingrid Herrmann
Titel des Originals: »Hour of the Cat«
Schutzumschlag von Heinz Looser
Foto: Thomas Cugini

1. Auflage 1982, ISBN 3-502-50863-1

Gesamtherstellung: Ebner Ulm

*Der Plan formte sich in seinem Kopf, blitzschnell und ohne nachzudenken, als er sie sah.*
*Ihm war, als würde er in diesem Augenblick der genialen Erkenntnis ein zweites Mal geboren. Nach langer Zeit der Verbitterung und Enttäuschung bekam sein Leben plötzlich wieder einen Sinn. Vorbei die entsetzlichen Qualen, die ihn seit Sandras brutaler Ermordung gequält hatten. Endlich konnte er handeln! Und er schritt zur Tat, anders als der feige Zauderer, der ihn all die endlosen Jahre lang gepeinigt hatte!*
*Und nachdem der erste Schritt vollzogen war, als jede Handlung zwangsläufig die nächste nach sich zog, da wußte er, daß er es schaffen würde, ganz gleich, auf welche Widerstände er treffen würde. Die Gerechtigkeit, auf die er so lange gewartet hatte, mußte siegen.*

## 1

Valerie Hamilton fluchte leise vor sich hin, als die Finger ihr wieder einmal nicht gehorchten, einen sauberen Akkord zu greifen. Wie üblich lag es an dem kleinen Finger. Mittlerweile beherrschte sie die Technik des Gitarrespielens recht gut, nur der kleine Finger wollte gelegentlich nicht so wie sie. Heute abend war es ganz besonders schlimm. Gewisse Akkorde kamen einfach nicht sauber heraus.
Gereizt legte sie die Gitarre neben sich auf die Couch, streckte die Hände aus und machte gymnastische Übungen, um die Verkrampfung zu lockern. Für heute hörte sie mit dem Spielen besser auf. Ein neues Lied einzuüben, besonders wenn es eines wie *Sam Hall* war, in das sie sich beim ersten Anhören verliebt hatte, bereitete ihr normalerweise immer Vergnügen, aber der kleine Finger ließ es bald in Arbeit ausarten.
Vielleicht lag es auch an den vielen Anrufen, daß sie sich heute abend nur mit Mühe konzentrieren konnte. Seit sie vor zwei Stunden aus der Bibliothek zurückgekommen war, hatten mindestens ein halbes Dutzend Leute angerufen und ihr zu ihrer Verlobung mit Martin Forster gratuliert. Die Verlobung war völlig aus der Luft gegriffen, hatte aber in den Gesellschaftsnachrichten der *Hazleton Tribune* gestanden. Nach den ersten Anrufen kannte Val

ihre Antwort auswendig: »Die Anzeige in der *Tribune* ist ein Irrtum. Ich weiß nicht, woher die Zeitung ihre Information hat, aber jedenfalls habe ich mich nicht verlobt!« Die andauernden Unterbrechungen und ihre eigenen Grübeleien, wer die Annonce aufgegeben hatte – und warum – ließen keine rechte Konzentration aufkommen.

Vielleicht ist es ganz gut so, dachte sie und mußte lächeln. Sie würde sich ohnehin nicht trauen, *Sam Hall* – wenigstens die unzensierte Fassung – auf dem Wohltätigkeitsfest am kommenden Abend zu spielen. Die meisten Anwesenden waren sicher tolerante, aufgeschlossene Menschen, trotzdem glaubte sie nicht, daß *Sam Hall* mit seinem lockeren, etwas anrüchigen Text für Hazleton das richtige wäre, zu allem Überfluß auch noch von der neuen, grünäugigen Bibliothekarin der städtischen Leihbücherei gesungen. In den drei Monaten, die sie in Hazleton lebte, hatte sie bereits festgestellt, daß man wider jede Logik von einer Bibliothekarin erwartete – besonders wenn sie so zerbrechlich und mädchenhaft unschuldig aussah wie Valerie Hamilton –, daß sie eine derart vulgäre Sprache weder kannte, geschweige sich dazu herabließ, sie gelegentlich selbst zu benutzen.

Kopfschüttelnd blickte sie auf die Uhr. Gleich halb zehn. Sie zog die Stirn kraus, als ihr einfiel, daß es schon eine Weile her war, seit sie das letzte Mal an der Hintertür nach Muldoon Ausschau gehalten hatte. Der Kater mußte schon längst von seinem abendlichen Ausflug zurück sein. Sie stand auf, lief durch die Diele, vorbei an ihrem winzigen Arbeitszimmer und dem Schlafzimmer. Sie nahm sich nur Zeit, das Licht anzuknipsen, beim Anblick des Spülbeckens eine Grimasse zu ziehen und sich das Gesicht ihrer Mutter vorzustellen, wenn sie diese Unordnung sähe. Eine Sekunde später trat sie durch die Hintertür nach draußen auf den Hof. Sie schaltete die Lampe ein, die oben an der Hauswand angebracht war. Nach der drückenden Hitze des Tages tat die herbstliche Nachtluft wohl. Eine Weile blieb sie auf der kleinen Treppe stehen, ließ sich das Gesicht von der leichten Brise fächeln und erfreute sich an dem raschelnden Geräusch, das entstand, wenn der Windhauch durch die hohen Büsche strich, die den Hof zu beiden Seiten säumten.

Kein Wunder, daß er nicht nach Hause will, dachte sie. Wenn ich

ein Kater wäre, bliebe ich auch lieber draußen.
»Muldoon?« rief sie. Sie spitzte die Ohren. Nichts. Dann schrillte ein Pfiff, der mindestens einen halben Häuserblock weit zu hören war. Irgendwo bellte ein Hund – wahrscheinlich Manfred, der Collie, der den Hyatts gehörte –, aber das war die einzige Antwort. Sie pfiff noch einmal und hielt dabei die Garagenecke im Auge, um die Muldoon nach seinen abendlichen Streifzügen zu erscheinen pflegte.
Wieder nichts.
Sie schickte sich an, das Hoflicht zu löschen und ins Haus zurückzugehen, als das Telefon schon wieder klingelte. Mechanisch wollte sie darauf zustürzen, verharrte aber nach wenigen Schritten. Bestimmt noch jemand, der ihr zu ihrer Verlobung gratulieren wollte, und ihr war die Lust vergangen, den Irrtum schon wieder aufzuklären. Andererseits kannte sie sich gut genug um zu wissen, daß sie es ohnehin nicht lange aushielt, das Telefon läuten zu lassen und nicht abzuheben.
Ich höre einfach nicht hin, entschied sie.
Vom Küchenregal nahm sie die Blechbüchse mit Muldoons Lieblingsfutter und ging durch die Tür, gerade als das nächste Läuten einsetzte. Sie drückte sich an ihrem vier Jahre alten Gremlin vorbei, der in der dunklen Garage stand, öffnete geräuschvoll die Garagentür aus Metall und trat auf die Straße. Manfred ließ zur Begrüßung ein freudiges Gebell ertönen und schoß aus einer hellerleuchteten Garage auf sie zu, während sie mit dem gleichen Getöse die Garagentür wieder herunterließ. Das Klingeln des Telefons erreichte sie nur noch gedämpft.
»Freddie, hör mit dem Krach auf!« Aus der Garage ertönte Joe Hyatts barsche Stimme, dann erschien er selbst auf der Straße, in der großen, schwieligen Hand eine Spraydose. Sein Overall war mit Farb- und Schmierölflecken übersät. Hyatt, jetzt in den Sechzigern, hatte bis vor drei oder vier Jahren in Hazleton das Amt des Sheriffs bekleidet. Nun lebte er im Ruhestand, hatte seine Garage zu einer Autoreparaturwerkstatt umfunktioniert, und er und seine Söhne beschäftigten sich gelegentlich damit, anderer Leute Wagen wieder zu reparieren.
»Hallo, Val«, rief er ihr zu, nachdem er sie erspäht hatte. Sein Blick wanderte zu Muldoons Futterbüchse, in der Nachbarschaft

bereits ein vertrauter Anblick. »Sagen Sie bloß, Ihr Hausgenosse ist mal wieder überfällig.«
»So ziemlich«, gab sie zurück. Während sie auf Hyatt und den schwanzwedelnden Manfred zuschritt, schüttelte sie die Büchse. Es gab ein lautes Gerassel, als ob man Kieselsteine in einer Blechbüchse klappern ließe. Das Geräusch hatte Muldoon sonst immer hergelockt. »Er ist ein bißchen länger als üblich ausgeblieben. Ich dachte mir, ich gehe ihn lieber suchen. Vielleicht ist er aus Versehen in eine Garage eingeschlossen worden. In Milwaukee ist das öfter passiert.« Sie zuckte die Achseln. »Im übrigen hatte ich Lust auf einen Spaziergang.« Das nervtötende Geklingel des Telefons verschwieg sie. Mittlerweile war der Apparat verstummt.
»Ich hab' ihn nirgendwo gesehen.« Hyatt deutete mit der Spraydose in das Durcheinander seiner Garage. Die nackte Glühbirne an der Decke beleuchtete frischlackierte Teile, die einmal zu einem Auto gehört haben konnten. »Aber wenn er hier auftaucht, scheuche ich ihn zu Ihnen«, versprach er.
»Danke. Vielleicht will er nur noch etwas frische Luft schöpfen, so wie ich.«
Sie wollte die Büchse noch einmal schütteln und auf eine Antwort warten, als Hyatt zögernd sagte: »Übrigens habe ich heute Ihre Verlobungsanzeige in der Zeitung gesehen.« Es klang merkwürdig nüchtern, ganz anders als die überschwengliche Fröhlichkeit, mit der die anderen auf die Annonce reagiert hatten.
Sie stieß einen Seufzer aus. »Tut mir leid, aber ich habe mich nicht verlobt. Die Anzeige ist entweder ein Witz oder ein Irrtum.«
Hyatt sah aus, als sei er erleichtert. Doch dann runzelte er die Stirn. »Ein Witz? Meinen Sie, jemand wollte Ihnen einen Streich spielen? Ziemlich geschmacklos, wenn Sie mich fragen.«
»Finde ich auch. Den halben Abend habe ich damit verbracht, andauernd Leuten zu erzählen, die Anzeige stimmte nicht und ich hätte auch nicht die Absicht, mich zu verloben.«
Er schüttelte den Kopf. »So ein Blödsinn!« Er fügte hinzu: »Wenn derjenige, der das getan hat, Ihnen noch mehr Ärger machen sollte, dann sagen Sie mir Bescheid, haben Sie mich verstanden?« Drohend schwenkte er die Spraydose.
»Mache ich. Aber ich glaube nicht, daß es dazu kommt. Irgend-

wer hat sich bloß einen Scherz mit mir erlaubt. Ein dummer Scherz, aber nicht weiter tragisch.«

Hyatt nickte, sagte aber nichts mehr. Val schlenderte die Straße hinunter, fort von dem matten Lichtkreis, den die nackte Glühbirne an der Garagendecke abstrahlte. Als sie sich einmal umdrehte, sah sie, daß Hyatt immer noch dastand und ihr nachschaute. Sie klapperte mit der Büchse und winkte ihm zu. Er hob kurz die Hand und verschwand eilig in seiner Garage.

Im Weitergehen stellte Valerie fest, daß die Straßenlaterne am Ende der Straße nicht funktionierte. Als sie sie erreichte, hatte sie zwei Katzen aus der Nachbarschaft angelockt, aber von Muldoon immer noch keine Spur. Ein leises Unbehagen beschlich sie. Zuerst war sie sich albern vorgekommen, wie sie so die Straße entlangspazierte, abwechselnd die Büchse schüttelte und lauschte. Sie hatte es mehr getan, um dem aufdringlichen Läuten des Telefons zu entgehen, als ernsthaft nach dem Kater zu suchen. Doch mittlerweile begann sie sich zu sorgen. Normalerweise genügte das Klappern mit der Büchse, daß Muldoon angeflitzt kam, ganz gleich, womit er sich vorher beschäftigt hatte. Und so weit sie wußte, hatte sich der Kater in den drei Monaten, seit sie in dieser Gegend wohnten, noch nie aus der näheren Umgebung entfernt.

Wo mochte er stecken? Vor zwei Jahren war er kastriert worden, auf amouröse Abenteuer konnte er sich also nicht eingelassen haben.

Am Ende der Straße schüttelte sie die Büchse kräftig mehrmals hintereinander, dann stand sie mucksmäuschenstill und horchte. Sie schwenkte herum. Hatte sich da etwas gerührt, rechts in der letzten Garage? Sie lauschte erneut, aber außer dem leisen Zischen von Joe Hyatts Sprühdose war nichts zu vernehmen.

Als sie sich umdrehte, um die Straße hinabzublicken, glaubte sie, aus dem Augenwinkel eine Bewegung wahrzunehmen. Doch es war nur ein zusammengedrückter Milchkarton, der aus einer offenen Mülltonne fiel.

Über einen leeren Hof hinweg konnte sie einem Nachbarn direkt ins Fenster schauen. Ein Fernsehgerät flimmerte.

Sie verließ die Straße und bog in eine schmale Seitengasse ein. Nur um sich zu vergewissern, wollte sie auch noch einen Blick in

die Vorgärten werfen und dann langsam zurückgehen.
Nichts. Weder auf den dunklen Veranden noch zwischen den einzelnen Häusern konnte sie den Kater entdecken.
Unwillkürlich beschleunigte sie ihre Schritte, als sie sich ihrem eigenen Haus näherte. Ihr war eingefallen, was ihr eine Kollegin aus der Bibliothek in Milwaukee letztes Jahr erzählt hatte. Irgend jemand hatte den Hund eines Nachbarn erschossen, offensichtlich am hellichten Tag, mitten in einem der »besseren« Wohnviertel. Wer es getan hatte oder warum, kam nie heraus. Unruhig sagte sich Val, daß es in kleinen Orten wie Hazleton mit Sicherheit einen gleich hohen Prozentsatz an Missetätern gab wie in Großstädten.
Und Muldoon war zutraulich. Er ließ sich von fast jedem auf den Arm nehmen und streicheln.
Val schluckte krampfhaft und bog in den schmalen asphaltierten Pfad ein, der ihr Haus vom Nachbargrundstück trennte. Wenigstens hatte das Telefon aufgehört zu klingeln, stellte sie aufatmend fest, als sie der Lichtoase, ihrem eigenen Hof, zustrebte.
Plötzlich baute sich eine Gestalt vor ihr auf. Sie war hinter der Hausecke aufgetaucht, und im ersten Moment konnte sie gegen den hellen Schein der Lampe nur eine dunkle Silhouette erkennen.
Das Herz schlug ihr bis zum Hals. Sie spürte, wie ihre Kehle trokken wurde.
»Wer . . .«, setzte sie an, doch eine andere Stimme schnitt ihr das Wort ab.
»Val? Was treibst du dich denn hier draußen herum?«
Vor Erleichterung atmete sie tief aus. Sie hatte die Stimme erkannt. Allmählich nahm auch die schemenhafte Gestalt vertraute Züge an.
»Martin! Hast du mich erschreckt! Sag mir lieber, warum du im Dunkeln um mein Haus schleichst.«
Wie immer, steckte Martin Forsters hohe, beinahe hagere Gestalt in einem tadellos sitzenden Anzug mit Weste und Krawatte. Obwohl sie sein schmales Gesicht in der Dunkelheit nicht erkennen konnte, glaubte Val zu wissen, mit welchem Ausdruck leiser Mißbilligung er ihre verwaschenen Jeans und den weiten, unförmigen Pullover zur Kenntnis nahm. Zwar gab er sich gelegentlich

ernsthaft Mühe, über ihre Art, sich leger zu kleiden, hinwegzusehen – meistens dann, wenn er sie alle paar Tage mal wieder zum Essen einlud, was sie schon mehrfach ausgeschlagen hatte –, aber offenbar überstieg es sein Begriffsvermögen, weshalb sich jemand, der sich aus freien Stücken in die Öffentlichkeit begab, so salopp anziehen mußte. Manchmal bildete sie sich ein, er mißbillige selbst die Hosenanzüge oder die langen Hosen mit Ponchos, die sie bei ihrer Arbeit in der Bücherei trug. Nicht, daß sie sich etwas daraus gemacht hätte. Mit ihren knapp hundert Pfund hatte sie es ohnehin schwer genug, praktische und gleichzeitig schicke Kleidung zu finden. Es kam ihr nicht darauf an, einem flüchtigen, wenn auch anhänglichen Bekannten zu gefallen, der selbst immer wie aus dem Ei gepellt aussah.
»Ich machte mir Sorgen«, sagte Martin. »Ich probierte die vordere Tür, niemand öffnete. Dann sah ich Licht im Hof . . .«
»Ich bin spazierengegangen und habe Muldoon gesucht.« Zur Bekräftigung rasselte sie mit der Büchse. »Außerdem ging mir das Telefon auf die Nerven. Aber wem sage ich das. Dich hat man bestimmt auch schon mit Anrufen bombardiert.«
Verständnislos starrte er sie an. »Was für Anrufe? Und von wem?«
»Von allen. Sag bloß, dich hat noch keiner angerufen, um dir zu deiner Verlobung zu gratulieren!«
»Ach so.« Er machte ein langes Gesicht. »Heute abend war ich noch nicht zu Hause. Aber wegen der Annonce in der *Tribune* komme ich ja zu dir.«
»Ach ja? Kannst du mir erklären, was da schiefgelaufen ist? Na, fein.« Mit der Büchse deutete sie auf ihr Haus. »Komm rein und erzähle. Und falls jemand anrufen sollte, gehst du an den Apparat. Du hast deinen Teil ja noch nicht abgekriegt.«
Ohne auf seine Antwort zu warten, ging sie an ihm vorbei und schritt eilig auf die hintere Tür zu. Ein letzter Blick über den Hof, falls Muldoon irgendwo herumstromerte, dann öffnete sie und trat in die Küche. Als sie die Futterbüchse wieder auf das Regal stellte, kam Martin zögernd nach.
»Ich habe nichts damit zu tun«, sagte er.
»Das hatte ich auch nie angenommen. Du bist nicht der Typ, der sich mit anderen Leuten einen Jux erlaubt. Aber ich hoffte, du

hättest vielleicht eine Ahnung, wer der Spaßvogel sein könnte.«
»Ich weiß absolut nichts. Es muß jemand sein, der eine merkwürdige Auffassung von Humor hat.«
»Klar. Aber wer? Einer deiner einfallsreichen Freunde?«
»Wer diese Anzeige aufgegeben hat, ist kein Freund!« Die Antwort klang beherrscht, aber zornig.
»Dir fällt also überhaupt niemand ein? Hast du nicht wenigstens einen winzigen Verdacht?«
»Ich hab' keinen blassen Schimmer. Wenn ich einen Verdacht hätte . . .« Seine Stimme brach ab, und Val bemerkte, daß er seine rechte Hand zur Faust ballte.
»Komm, komm!« Sie schlug einen leichten Ton an. »So schlimm ist es auch wieder nicht – es sei denn, es steckt mehr dahinter, als ich weiß.« Voller Neugier blickte sie ihn an.
Sein Mund öffnete sich, als stünde er im Begriff, etwas zu sagen. Doch dann klappte er ihn wieder zu und schüttelte stumm den Kopf. »Mit dir hat das nichts zu tun, ganz gleich, was es ist.«
»Was hat nichts mit mir zu tun? Du weißt also doch mehr als ich, stimmt's?«
»Nein. Ich kam nur hierher, weil ich dich um Entschuldigung bitten wollte und um dir zu sagen, daß ich darauf bestehen werde, daß in der nächsten Ausgabe ein offizieller Widerruf erscheint.«
»Weshalb entschuldigst du dich? Du kannst doch nichts dafür, daß die Anzeige erschienen ist. Oder doch?«
»Natürlich nicht! Es ist einfach nur, weil . . . Nein, schon gut. Jemand wollte mir nur einen geschmacklosen Streich spielen.«
Sie sah ihn an und überlegte, welche Fragen sie noch stellen konnte. Doch als sie zum Sprechen ansetzte, hörte sie plötzlich ein kratzendes Geräusch. Es kam von der Kellertür in der Diele. Sie ging schnell in die Diele und machte Licht. Aber noch ehe sie die Kellertür erreicht hatte, läutete das Telefon.
»Geh du an den Apparat, Martin«, rief sie über die Schulter. »Jetzt bist du dran mit Erklären, okay? Das Telefon steht im Wohnzimmer.«
Während sie dastand und auf seine Antwort wartete, kratzte es abermals an der Tür. »Martin?«
Dann hörte sie, wie er durch die Küche ging. Als er in die Diele trat, warf er ihr einen ratlosen Blick zu.

»Im Wohnzimmer«, wiederholte sie. Sie wartete nicht ab, ob er ihrer Bitte folgte, sondern hastete zur Kellertür und riß sie auf. Muldoon, den buschigen Schwanz wie ein Cape hinter sich herschleifend, sauste wie der Blitz durch den Türspalt und verschwand in der Küche. Martin blickte über die Schulter, zögerte kurz, als er den Kater sah, ging dann aber weiter durch ins Wohnzimmer, wo das Telefon beharrlich weiterklingelte.

Als Val in die Küche kam, hatte Martin abgehoben und Muldoon umkreiste die Stelle in der Nähe des Tisches, wo normalerweise seine Freßschüssel stand. Wie immer, wenn er entweder Futter oder Aufmerksamkeit verlangte – was meistens der Fall war, wenn er nicht gerade schlief, stieß er Laute aus, die an eine Mischung aus Schnurren und gedämpftem Miauen erinnerte. Sein grau-weißes Fell sah nicht zerzauster aus als sonst, was aber nichts besagen mußte. Außer im Gesicht, das sehr ausdrucksvoll war, bedeckte ihn ein dichter Pelz, der mindestens für zwei Katzen gereicht hätte. Der Schwanz selbst, jetzt steil aufgerichtet, sah aus wie aufgeplustert und schien breiter zu sein als der Rumpf des Tieres.

»Du Ausreißer«, schalt Val ihn und schüttete etwas Katzenfutter in den Freßnapf. »Erst bleibst du so lange aus, daß ich mir schon Sorgen mache, und dann schleichst du dich auch noch durch deinen privaten Eingang herein.«

Muldoon ließ sich durch die Vorwürfe nicht stören, sondern machte sich heißhungrig über sein Fressen her. Daß er durch den Keller gekommen war, war ohnehin ihre eigene Schuld. Offenbar hatte sie vergessen, die »Katzentür« zu schließen, eine winzige Kellerluke, die im Gegensatz zu den anderen, größeren Fenstern oben mit einem Scharnier befestigt war und von außen aufgestoßen werden konnte, wenn man sie nicht festhakte. Einige Male hatte sie die Luke absichtlich offengelassen, wenn Muldoon seinen morgendlichen Spaziergang ausgedehnt hatte und zu der Zeit, wenn sie in die Bibliothek mußte, noch nicht heimgekehrt war.

Im Türrahmen erschien Martin, die Stirn tief gerunzelt.

»Daniel Richards ist am Apparat. Möchtest du mit ihm sprechen?«

Wie Martin Forster, war Dan Richards Anwalt und Juniorpartner

bei Dennison und Associates. Sollte Val sich je offiziell verloben, dann bestimmt eher mit ihm als mit Martin. Nicht, daß sie darauf spekuliert hätte, aber Dan war zumindest »ihr Typ«, was bedeutete, daß er von Martin so verschieden war wie möglich, wenn man einmal Beruf und Körpergröße nicht in Betracht zog. Martin war dunkel, eckig, bevorzugte konventionelle Anzüge mit Weste und war mit einem entsprechenden Temperament ausgestattet. Dan dagegen hatte hellblondes Haar, band sich nur dann eine Krawatte um, wenn er vor Gericht erscheinen mußte und nahm zu gesetztem Auftreten nur in Ausnahmefällen Zuflucht.
Einen Augenblick lang schoß ihr der Gedanke durch den Kopf, Dan könnte für die Annonce verantwortlich sein. Doch gleich darauf verwarf sie die Möglichkeit wieder und eilte an Martin vorbei ins Wohnzimmer. Dan war über einen gewagten Ulk nicht erhaben, aber sie konnte sich nicht vorstellen, daß er jemand einen Streich spielte, der ans Geschmacklose grenzte. Wenn es in der Anzeige geheißen hätte, sie habe sich mit ihm verlobt, ja – dann vielleicht, als Wink mit dem Zaunpfahl sozusagen. Aber nicht so etwas.
»Hallo Dan?« Sie nahm den Hörer, der auf dem kleinen Tisch lag und warf sich auf das Sofa, neben der Gitarre, die immer noch dort lag. »Kann ich etwas für dich tun?«
»Du könntest mir sagen, daß deine Verlobungsanzeige die Übertreibung des Jahres ist. Aber wenn ich daran denke, wer gerade an dein Telefon ging . . . das war doch Marty, oder?«
»War er, aber das hat nichts zu sagen. Die Verlobungsanzeige muß irgendein Witzbold aufgegeben haben. Hast du zufällig eine Ahnung, wer dahinterstecken könnte?«
»Nein. Hast du Marty schon gefragt? Hat er jemand in Verdacht?«
Sie zögerte und blickte über die Schulter zur Tür. Martin war nicht zu sehen. Vermutlich hielt er sich in der Küche auf.
»Wenn er einen Verdacht hat, dann behält er ihn jedenfalls für sich«, entgegnete sie mit gesenkter Stimme. »Mir sagte er nur, er hätte nichts damit zu tun, und er würde veranlassen, daß die Zeitung einen Widerruf veröffentlicht.«
»Typisch Martin, immer korrekt. Hat er nicht wenigstens versucht, dich zu einer Verlobung mit ihm zu überreden, damit die Anzeige stimmt? Ach, da fällt mir ein, richte deinem widerrufen-

den Verlobten aus, er soll sich heute abend noch mit Lichtenwalter in Verbindung setzen. Er wohnt im Arlington, und nachdem Marty fort war, fiel ihm noch etwas Wichtiges ein.«
»Lichtenwalter? Ist das nicht der, der hier in der Gegend ein Einkaufszentrum bauen will?«
»Das ist er. Das Grundstück ist uns sicher, jetzt muß Marty nächste Woche nur noch die Baubehörde von dem Vorhaben überzeugen. Vergiß bitte nicht, ihm zu sagen, daß er heute noch Lichtenwalter anruft. Morgen früh fährt der nämlich wieder nach St. Louis zurück.«
»Okay. Ich werd's ihm ausrichten. Oder möchtest du vielleicht eben selbst mit ihm sprechen? Ich kann ihn rufen . . .«
»Nein, bloß nicht! Dich schnauzt er bestimmt nicht an, aber mich.«
»Warum sollte er dich anschnauzen?«
»Frag mich nicht.« Sie stellte sich vor, wie er jetzt mit den breiten Schultern zuckte. »Ist ja auch egal, warum, jedenfalls hat er sich in der letzten Zeit ziemlich blöd aufgeführt. Jetzt mal ein angenehmeres Thema. Bist du fit für morgen abend?«
Sie warf einen Blick auf die Gitarre und zog eine Grimasse. »So fit wie es nur geht. Ich kann gar nicht mehr begreifen, warum ich mich von dir zu diesem Blödsinn überreden ließ.«
»Ich soll dich überredet haben? Wenn du so über mich herfällst, dann könnte ich glatt glauben, du hast die Verlobungsanzeige selbst aufgegeben, nur um mich eifersüchtig zu machen.«
»Wenn das so wäre, dann hätte ich mir offenbar die Mühe sparen können. Es scheint ja nicht geklappt zu haben. Wenn du mich jetzt bitte entschuldigen möchtest, ich muß mich meinem »Verlobten« und meinem Kater widmen.«
Er lachte. »In diesem Fall erlaube ich mir, dir meinen herzlichsten Glückwunsch auszusprechen. Bis morgen abend dann, vielleicht hast du dich bis dahin wieder entlobt. Und vergiß nicht, Marty das mit Lichtenwalter auszurichten.«
Er hängte ein. Val schmunzelte und schüttelte den Kopf. Sie legte den Hörer auf die Gabel zurück.
In der Diele sah sie Muldoon, der aus der Küche gelaufen kam. Einen Augenblick später folgte Martin. Abrupt blieb er stehen. Das überraschte sie. Von Martin war sie jähe Bewegungen nicht

gewöhnt. Normalerweise waren alle seine Handlungen wohlüberlegt.
»Dan sagt, du sollst heute abend noch Lichtenwalter anrufen«, sagte sie. »Hast du gehört, du sollst Lichtenwalter anrufen«, wiederholte sie, weil es ihr so vorkam, als hätte er ihr gar nicht zugehört.
Er nickte abwesend. Sein Blick heftete sich auf den Kater, der schnurrend und schmeichelnd um Vals Beine strich, in der Hoffnung, ihr eine zweite Portion Futter abzubetteln.
»Ist was?« Val krauste die Stirn.
»Er hat irgend etwas an seinem Halsband.« Martin sprach so leise, daß sie ihn kaum verstehen konnte.
»Was denn? Ich sehe nichts.«
»Sieh doch mal genauer hin. Ich habe mich bestimmt nicht getäuscht.«
Sie kniete nieder, faßte Muldoon beim Nacken und tastete nach dem Halsband. Muldoon mißverstand die Geste, rollte sich auf den Rücken und streckte alle Viere von sich, was bedeutete, daß er sie aufforderte, seinen Bauch zu kraulen. Nach dem Fressen sein zweitliebster Zeitvertreib.
Als sie das weiche Fell teilte, entdeckte sie unter dem Halsband ein Stück Papier. Es war mehrere Male gefaltet, bis es ungefähr so breit war wie das Lederhalsband. Ein Gummiband hielt es fest. Sie zog das Stück Papier hervor und stand auf.
»Was ist es?« Martins Stimme klang ungewohnt scharf. Immer noch verharrte er reglos in der Küchentür, so als habe er Angst, näher zu kommen.
»Ein Stück Papier.« Sie blickte hoch, ihm offen ins Gesicht. »Weißt du, was das zu bedeuten hat?«
Heftig schüttelte er den Kopf. »Natürlich nicht. Was ist es denn? Was steht drauf?«
Sie schob sich an ihm vorbei in die hellerleuchtete Küche. Dann drehte sie sich um. Sie sah, daß er nervös schluckte.
»Du weißt doch etwas«, sagte sie langsam.
Abermals schüttelte er den Kopf und schluckte krampfhaft. »Nein. Nein, ich habe wirklich keine Ahnung.« Mit der Zungenspitze befeuchtete er seine schmalen Lippen, während sein Blick unverwandt auf dem Stück Papier ruhte. »Ich sehe es jetzt zum

ersten Mal.«
»Warum bist du dann so – so nervös? Hör mal, Martin, klär mich bitte auf, bevor ich tatsächlich Angst bekomme. Soll das alles ein Witz sein? Hängt dieser Fetzen Papier vielleicht mit der falschen Verlobungsanzeige zusammen?«
»Nein!« stieß er hervor. »Bitte, lies, was draufsteht! Vielleicht gibt das irgendeinen Aufschluß.«
Indem sie Martin hin und wieder einen mißtrauischen Blick zuwarf, entfaltete sie das Papier. Sie merkte schon bald, daß es sich um ein abgerissenes Blatt aus einem Spiralblock handelte.
Beim Aufrollen erschienen langsam die Buchstaben. Als erstes fiel ihr auf, wie sauber und akkurat sie waren. Es handelte sich ausschließlich um Blockschrift. Es sah aus, als hätte jemand eine Schablone benutzt. Ab und zu waren die Ränder jedoch unregelmäßig oder leicht verschmiert, so als sei die Schablone verrutscht. Der Verfasser hatte einen Kugelschreiber benutzt, nicht Tinte oder Tusche.
Als sie das Blatt vollständig auseinandergefaltet hatte und sich auf den Inhalt des Geschriebenen konzentrieren konnte, ergaben die Worte jäh einen Sinn. Ein kalter Schauer lief ihr über den Rücken. Unwillkürlich formten ihre Lippen die Worte:
»Heirate ihn, wenn du Mut hast! Doch die Flitterwochen wirst du nicht überleben!«
Martin riß ihr das Blatt so ungestüm aus der Hand, daß die Ecke, an der sie es festgehalten hatte, zwischen ihren Fingern haften blieb. Der Fetzen flatterte zu Boden, als sie ihn losließ. Geraume Zeit stand Martin stocksteif da und starrte in fassungslosem Erstaunen auf die sauber gemalten Worte. Das einzige Geräusch kam von Muldoon, der Val in die Küche gefolgt war und maunzend seinen leeren Freßnapf umstrich.
Plötzlich veränderte sich Martins Gesichtsausdruck. Er sah aus, als würde er das Blatt Papier am liebsten wütend zusammenknüllen und in eine Ecke werfen. Doch statt dessen faltete er es sauber, indem er es zweimal in der Mitte umknickte und verstaute es sorgsam in einer Innentasche seines Jacketts.
Seine Hände zitterten dabei. Val hätte nicht sagen können, ob vor Wut oder vor Angst.

*Er beobachtete Forster, wie er, immer noch zitternd, das Haus verließ. Er wußte, die erste Warnung steckte in Forsters Tasche – und in seinem Gehirn!*
*Forster hatte die Drohung verstanden, dessen war er sich sicher. Aber genügte das? Oder würde er sich der Realität gegenüber immer noch blind stellen?*
*Nein! Dieses Mal durfte er nicht mehr den Kopf in den Sand stecken und sich der Selbsttäuschung hingeben. Dieses Mal mußte man ihm die Wahrheit aufzwingen! Dieses Mal würde Sandra nicht –*
*Seine Gedanken verschwammen, als sich Sandras Bild wieder einmal vor seine Augen schob. Er spürte, wie das Bild ihm die Kehle zuschnürte, wie es ihn zu ersticken drohte. Tränen blendeten ihn, trübten seinen Blick. Er vergoß Tränen, nicht nur der Bitterkeit und des Grams, sondern der ohnmächtigen Wut.*
*Am liebsten hätte er seine Qual laut hinausgeschrieen. Doch er zwang sich dazu, die Bilder und das Grauen der Vergangenheit zu verdrängen. Diese Schwäche durfte er sich jetzt nicht leisten! Er mußte sich voll und ganz auf die Durchführung seines Plans konzentrieren. Sein Blick mußte starr geradeaus auf die Zukunft gerichtet sein, hin auf das übergeordnete Ziel – Gerechtigkeit und Sühne.*

2

Martin hatte hoch und heilig beteuert, daß der »Streich« gegen ihn gerichtet sei und nicht gegen Val, weigerte sich aber – oder sah sich tatsächlich außerstande – zu erklären, woher er diese Gewißheit nahm.
Durch das Wohnzimmerfenster beobachtete Val, wie er mit dem Autoschlüssel herumhantierte. In seiner Fahrigkeit hätte er den Schlüsselbund beinahe fallen lassen, als er seinen grauen, ein Jahr alten Cadillac aufschließen wollte. Schließlich bekam er die Tür auf, setzte sich hinter das Steuer und fuhr mit quietschenden Reifen davon, wie ein Irrsinniger.
Val wandte sich vom Fenster ab und lümmelte sich undamenhaft auf die Couch. Sie überlegte kurz, ob sie Dan anrufen und ihm von dem merkwürdigen Benehmen seines Berufskollegen erzäh-

len sollte, besann sich aber anders.
Angenommen, die abwegige Möglichkeit traf zu und es handelte sich wirklich nicht um einen Scherz, so brauchte sie das überhaupt nicht zu berühren. Sie hatte nicht die Absicht, sich mit Martin fester anzufreunden, geschweige denn, ihn zu heiraten. Zum anderen konnten sie und Dan überhaupt nichts unternehmen, sie würden ihre Zeit nur mit nutzlosen Spekulationen vergeuden. Und sie hatte Wichtigeres zu tun. Zum Beispiel mußte sie sich endlich den Stapel Bücher vornehmen, den sie vor drei Tagen aus der Bibliothek mit heimgeschleppt hatte.
Mit der Hand strich sie das leicht gewellte, dunkelbraune Haar aus der Stirn und griff nach dem Buch, das zuoberst auf dem Stapel lag. Wenigstens dieses wollte sie bald in die Bibliothek zurückbringen. Es lag zwar keine Bestellung dafür vor, aber neue Bücher nahm sie nicht gern für längere Zeit mit nach Hause. Dieses hier las sich leicht, und in ein paar Stunden müßte sie den Inhalt überflogen haben. Das heißt, wenn sie die nötige Konzentration aufbrachte.
Sie brauchte nicht lange, um festzustellen, daß dies nicht der Fall war. Obwohl das Telefon nicht klingelte und Muldoon friedlich in einem Sessel schlief, schaffte es Val nicht, aus den einzelnen Sätzen einen Sinn herauszulesen. Nach zehn Minuten gab sie die Lektüre verärgert auf.
Jetzt täte ihr körperliche Bewegung gut. Tischtennis wäre ideal. Es war ein schneller, anstrengender Sport, und trotz ihrer geringen Körpergröße war Val eine ausgezeichnete Spielerin. Für hiesige Verhältnisse jedenfalls, dachte sie amüsiert. In Milwaukee hätte sie sich nämlich nicht so hoch eingestuft. Dan zum Beispiel konnte sie getrost jederzeit fünf Punkte Vorsprung geben, hatte sie bereits festgestellt, obwohl er ihr aufgrund seiner Größe und seiner längeren Reichweite haushoch überlegen sein mußte. Leider stand Hazletons einzige Tischtennisplatte in *Kempers Bowlingbahn,* und die schloß um zehn.
Schließlich ging sie, leise vor sich hin fluchend, zum Plattenspieler und legte ein paar Platten von Leo Kottke auf. Sie staunte immer wieder aufs neue, welche Klänge er seiner Gitarre entlockte. Sie drehte die Lautstärke voll auf, dann ging sie in die Küche und nahm widerwillig den Abwasch in Angriff.

Nachdem Tassen und Teller ordentlich gestapelt auf dem Ablaufbrett standen, fuhrwerkte sie mit dem Staubsauger im Haus herum. So lange sie sich nicht aufs Lesen konzentrieren konnte, erledigte sie am besten die Arbeiten im Haushalt, die sie zwar haßte, aber nicht ewig auf die lange Bank schieben konnte.
Sie schob gerade den Staubsauger von der Diele ins Schlafzimmer, als das Telefon wieder läutete. Nachdem sie einen Blick auf die Uhr geworfen und festgestellt hatte, daß es kurz nach elf war, wußte sie, es konnte nur ihre Mutter sein, die aus Milwaukee anrief. Ab elf Uhr abends galt der verbilligte Nachttarif für Ferngespräche, und wenn ihre Mutter anrief, dann meistens zwei Minuten nach elf.
Diesmal überfiel sie sie mit den Worten: »Wie konntest du nur? Hoffentlich lädst du mich wenigstens zu deiner Hochzeit ein!«
Mildred Carson, dachte Val aufseufzend. Mildred mußte die Verlobungsanzeige in der Zeitung gesehen und ihre Mutter angerufen haben. Mildred war eine Dame Anfang Fünfzig, die ihre Mutter bei ihrem Besuch in Hazleton, wenige Wochen nach Vals Umzug, kennengelernt hatte. Die beiden Frauen, beide verwitwet und mit erwachsenen Töchtern, hatten sich auf Anhieb verstanden. Wie nebenher, als freundliche Geste gewissermaßen, hatte Mildred sich erboten, Vals Mutter »auf dem laufenden« zu halten.
Als Val erklärte, daß Mildred trotz der Zeitungsmeldung falsch unterrichtet sei, schien ihre Mutter erleichtert und enttäuscht zugleich zu sein. Erleichtert, weil ihre Tochter sie nicht übergangen hatte, enttäuscht, weil es keine Verlobung gab.
»Ich habe dir ja gleich gesagt, es war ein Fehler, von Milwaukee in dieses kleine Nest zu ziehen«, sagte ihre Mutter vorwurfsvoll. »Du hast einfach keine Auswahl an Männern.«
Val brachte das Gespräch in eine andere Richtung, bevor ihre Mutter ihr wieder die Tatsache auftischen konnte, daß Millie, ihre jüngere Schwester, bereits seit über einem Jahr unter der Haube war. Der Umstand, daß es in der Ehe nicht klappte und Millie bereits von Scheidung sprach – Val gegenüber, vielleicht nicht gerade mit ihrer Mutter –, setzte ihr dabei keinen Dämpfer auf. Millie hatte einen Mann, das war erst einmal das Wichtigste.
Sie unterhielten sich ungefähr eine Viertelstunde. Überflüssig zu

erwähnen, daß Val ihrer Mutter den zweiten Teil des angeblichen Streiches wohlweislich verschwieg.

Am nächsten Tag hatte Val Dienst von neun bis fünf. Der Tag war so sonnig und klar, über den blauen Himmel segelten nur ein paar weiße Wölkchen, daß sie beschloß, die knappe Meile bis zur Bibliothek zu Fuß zu gehen. Über die dunkle Bluse und die passende lange Hose zog sie ihren neuen, blau-grünen Poncho, sah nach, ob in Muldoons Trinkschüssel frisches Wasser war und marschierte beschwingt zur Tür hinaus. Ein Morgen wie dieser wirkte immer anregend und belebend auf sie. Selbst die Verlobungsanzeige in der *Tribune* und die makabre Drohung an Muldoons Halsband erweckten nun eher Neugier als Besorgnis in ihr.

Als sie das Stadtzentrum mit dem Geschäftsviertel und dem altmodisch aussehenden Gerichtsgebäude erreichte, hatte sie den Entschluß gefaßt, das Problem so anzugehen, wie es normalerweise ihre Art war: direkt und ohne viel Umschweife. In die Praxis umgesetzt, hieß das, sie mußte den Urheber des »Streiches« herausfinden, ihn – oder sie – zur Rede stellen und fragen, was derjenige damit bezwecken wollte. Im Grunde genommen rechnete sie nicht damit, daß überhaupt je herauskäme, wer dahintersteckte, aber an einem so strahlenden Morgen wie diesem tat das nichts zur Sache. Auf den Versuch kam es an.

Sie machte eine abrupte Kehrtwendung und verschwand im Verlagshaus der *Tribune*. Hinter einem hohen Tresen standen, wie in einem Großraumbüro, ein halbes Dutzend Schreibtische. In einem verglasten Büro saß die Redakteurin. Katherine Roberts war jedoch nirgendwo zu sehen. Vergeblich hiel Val Ausschau nach einem bekannten Gesicht. Bald blickte ein junges Mädchen von seinem Schreibtisch auf.

»Kann ich etwas für Sie tun? Wenn Sie ein Inserat aufgeben wollen, die Vordrucke liegen . . .«

Val schüttelte den Kopf. »Ich möchte mit dem Redakteur sprechen, der für den Gesellschaftsteil zuständig ist.«

Das Mädchen lächelte unsicher. Sie sah aus, als sei sie ziemlich neu hier. Mit dem langen blonden Haar und den Sommersprossen wirkte sie beinahe wie eine junge Ausgabe von Doris

Day. »Das bin ich, zur Zeit jedenfalls. Was kann ich für Sie tun? Übrigens, ich heiße Doreen Farr.«
»Mein Name ist Valerie Hamilton. Gestern las ich . . .«
»Herzlichen Glückwunsch zu Ihrer Verlobung.« Doreen strahlte. Sie nahm sich Block und Bleistift und kam damit auf Val zu. »Wenn Sie mir bitte sagen würden, wann die Hochzeit stattfindet? Üblicherweise wird der Termin gleichzeitig mit der Verlobungsanzeige bekanntgegeben, aber dieses Mal . . .«
»Es gibt keine Hochzeit«, fiel Val ihr ins Wort.
»Sie haben die Verlobung schon wieder gelöst?« Doreens Lächeln erlosch. »Ach, das tut mir aber leid. Was ist denn passiert?«
»Nichts ist passiert«, entgegnete Val etwas heftiger als geplant. »Es liegt nur daran, daß ich nie mit Martin Forster verlobt war.«
Die Augen des Mädchens weiteten sich, als überstiege diese ungeheuerliche Feststellung ihr Begriffsvermögen. »Sind Sie ganz sicher?«
»Ich muß doch wohl am besten wissen, ob ich verlobt war oder nicht.«
Doreen schüttelte den Kopf und murmelte undeutlich etwas vor sich hin. »Und Sie möchten jetzt, daß wir einen Widerruf drukken, nicht wahr?«
»Darum kümmert sich schon jemand anders«, gab Val zurück. »Martin Forster sagte jedenfalls, er würde dafür sorgen. Mich interessiert in erster Linie, wer die Anzeige aufgegeben hat.«
»Mr. Forster, natürlich.« Es klang gereizt.
Val zog die Augenbrauen hoch. Martin? Sollte er sich doch diesen Witz erlaubt haben? »Wann haben Sie mit ihm gesprochen?«
»Gestern morgen. Aber das verstehe ich nicht. Er wird doch wohl wissen, ob Sie beide miteinander verlobt sind oder nicht.«
»Sind Sie auch sicher, daß es Mr. Forster war? Sie kennen ihn doch?«
Doreen blinzelte, plötzlich unsicher. »Na ja, meine Hand kann ich nicht dafür ins Feuer legen. Ich sprach ja nur am Telefon mit ihm. Und er stellte sich als Mr. Forster vor. Ich hatte keine Veranlassung zu glauben, daß er mich belügt.«
»Haben Sie zurückgerufen, um die Angabe zu überprüfen?«
»Zurückgerufen? Warum denn?«
Val seufzte. »Um sich zu vergewissern, daß Sie auch wirklich Mr.

Forster angerufen hat.«
Doreen schüttelte den Kopf. »Darauf wäre ich gar nicht gekommen. Bei uns rufen doch andauernd Leute an . . . und ich verstehe nicht, warum jemand in diesem speziellen Fall eine falsche Angabe machen sollte.«
»Das will ich ja gerade herausfinden. Meinen Sie, Sie würden die Stimme wiedererkennen?«
Das Mädchen hob die Schultern. »Es war eine ganz normale Stimme. Eine Männerstimme«, setzte sie hilfsbereit hinzu.
Das wär's, dachte Val. »Also gut. Vielen Dank für die Auskunft.«
Doreen lächelte, wurde aber gleich darauf wieder ernst, als sie sich zu Val beugte und mit einem Blick auf das Büro der Redakteurin fragte: »Dann wollen Sie also wirklich, daß wir einen Widerruf drucken?«

Wegen des Fußmarsches und durch den kurzen Aufenthalt in der Redaktion der *Tribune* kam Val ein paar Minuten zu spät. Die Bibliothek befand sich in einem behäbigen Gebäude, gleich hinter dem Geschäftsviertel.
Sarah Allen, eine von Vals Kolleginnen, hatte bereits aufgeschlossen und sich an das Pult für die Buchausgabe gesetzt. Sie mochte ungefähr im gleichen Alter sein wie Vals Mutter, war leicht ergraut, neigte ein bißchen zur Fülle und trug heute einen Faltenrock mit geblümter Bluse.
Sarah war die Seele der Bibliothek. Sie arbeitete fast genauso lange dort wie Flora Shoemaker, die Chefbibliothekarin, die kurz vor der Pensionierung stand, kannte sich mit allem aus, wußte über die Schwächen und Lücken des Karteikartensystems Bescheid und war mit fast allen Mitgliedern persönlich bekannt. Ohne Sarah hätte sich Val in ihrer Unerfahrenheit oft nicht zu helfen gewußt, doch nach etwa einem Monat hatte sie sich recht gut eingearbeitet.
»Herzlichen Glückwunsch!« rief Sarah, als Val durch die breite Glastür hereintrat. »Soll das heißen, daß wir uns demnächst nach einer neuen Bibliothekarin umsehen müssen?«
Val schüttelte den Kopf und blieb vor dem Ausgabepult stehen. »Sie spielen wohl auf die Zeitungsannonce von gestern an?«
»Was denn sonst? Ich finde es herrlich. Sie und der nette Mr. For-

ster passen so gut zusammen.«
»Erstens würde ich nicht gleich aufhören zu arbeiten, nur weil ich verheiratet bin. Zweitens habe ich mich überhaupt nicht verlobt. Ausgerechnet mit Martin Forster. Ich kenne den Mann ja kaum. Mit dieser Anzeige hat sich irgendein Scherzbold einen Witz erlaubt.«
Sarahs rundes Gesicht zog sich in die Länge. Dann kniff sie verärgert die Lippen zusammen. »Wer macht denn so etwas?«
»Das möchte ich auch gern wissen. Gerade sprach ich mit der Redakteurin, die für den Gesellschaftsteil zuständig ist. Sie konnte mir auch nur sagen, daß gestern jemand anrief und telefonisch die Nachricht durchgab. Der Mann gab sich als Martin Forster aus.«
Sarah schüttelte mitfühlend den Kopf und schnalzte mit der Zunge. »Eine Gemeinheit ist das. Ich kann mir gar nicht vorstellen, wie jemand so grausam sein kann und Mr. Forster diesen üblen Streich spielt. Nach allem, was der arme Mann durchgemacht hat.«
Val horchte auf. »Was hat er denn durchgemacht?«
Sarah riß die Augen auf. »Das wissen Sie nicht?«
»Was soll ich wissen? Kommen Sie, Sarah, tun Sie jetzt nicht auch noch so geheimnisvoll. Martin machte gestern abend schon andauernd Andeutungen, aus denen ich nicht schlau wurde.«
»Dann wissen Sie wirklich nichts? Sie haben keine Ahnung, was damals mit seiner Frau passiert ist?«
»Ich wußte nicht einmal, daß er verheiratet war. Was hat das alles zu bedeuten?«
Sarah warf einen Blick auf die Tür, um sich zu vergewissern, daß niemand kam. Dann beugte sie sich vor und flüsterte: »Sandra wurde umgebracht. Ermordet, das arme Ding. Sie waren höchstens zwei Wochen verheiratet, die Flitterwochen waren noch nicht einmal vorbei. Stellen Sie sich das vor!«
Plötzlich schien Val ein kalter Lufthauch zu treffen. Sie fröstelte. Also deshalb hatte sich Martin über die falsche Annonce und den Zettel so aufgeregt. Jetzt verstand sie auch, warum er ihr den Grund dafür verschwiegen hatte. Der »Streich« war ernstzunehmender und makabrer, als sie gedacht hatte.
Falls es überhaupt ein Streich war.

»Wie ist das passiert?« wollte sie wissen. »Wer hat sie umgebracht?«
»Sie wurde erwürgt, die Ärmste, in ihrem eigenen Wohnzimmer! Trotz der Warnungen hat man es nicht verhindern können. Oder den Täter je ermittelt!« Sarah schüttelte den Kopf. »Es war ungeheuerlich, einfach unglaublich!«
Val verspürte eine leichte Übelkeit in der Magengegend. »Warnungen?« echote sie. Hoffentlich klang ihre Stimme nicht so zittrig wie sie sich fühlte.
Sarah nickte nachdrücklich. »Es gab Warnungen. Der Täter hat das arme Mädchen wochenlang vorher in Angst und Schrecken versetzt!«
»Welche Art von Warnungen waren das?« Val glaubte, die Antwort bereits zu kennen. »Es waren Drohungen, daß man sie umbringen würde. Briefe, Telefonanrufe und . . .« Sarah brach ab und schüttelte fassungslos den Kopf.
»Und man hat nie herausbekommen, von wem die Briefe und die Anrufe stammten?«
»Die Polizei hat nicht das Geringste feststellen können«, ereiferte sich Sarah. Jäh veränderte sich ihr Gesichtsausdruck. Ihre aufrechte Empörung schlug um in Mitleid. Ihre Züge wurden weich. »Der arme Mr. Forster. Hoffentlich kommt bald heraus, wer ihm diesen gehässigen Streich gespielt hat.«
Val stand im Begriff, noch etwas zu fragen, hielt aber inne, als die Tür aufging und ein älteres Paar eintrat. Jeder der beiden trug ein paar Bücher unter dem Arm, und sie strebten dem Pult für die Annahme zu.
»Ich glaube doch, daß man denjenigen findet«, sagte sie ohne Überzeugung. Sie verließ das Pult und ging eilig an den Regalen vorbei in ihr kleines, vollgestopftes Büro.
Einen Moment lang erzeugten die Stapel noch nicht katalogisierter Zeitschriften, unausgefüllter Formulare für Buchbestellungen und die Auswahl an Büchern, die sie noch lesen mußte, bei ihr das gleiche schlechte Gewissen wie am Abend zuvor das schmutzige Geschirr im Spülbecken. Leider ließ sich diese Anhäufung von Arbeit nicht so schnell und nicht so einfach bewältigen. Wenn sie heute nicht zügig vorankam, dann mußte sie sich Arbeit mit nach Hause nehmen.

Die Handtasche stellte sie neben die Zeitschriften auf das Bücherregal, den Poncho hängte sie nachlässig auf. Dann nahm sie sich so viel unerledigte Arbeiten, wie sie tragen konnte und lief damit zum Informationspult. Vormittags war in der Bücherei im allgemeinen wenig Betrieb.
Trotz der unhandlichen Schreibmaschine füllte sie eine Menge Bestellformulare aus. Aber mit den Bibliographien – eine über Science-fiction-Literatur, eine über Romane aus der Zeit der Depression und eine über Biographien berühmter Forscher, die sie einigen Lehrern der High School versprochen hatte – war sie noch genauso weit wie vor vierundzwanzig Stunden.
Gott sei Dank brauchte sie sich über die Liste der Bücher für Leute, die normalerweise kein Buch in die Hand nehmen, kein Kopfzerbrechen mehr zu machen. Nach einer Woche mühsamer Arbeit hatte sie sie am Mittwoch fertiggestellt, und Rena Wright, die englische Literatur unterrichtete, hatte sie abgeholt und bereits in ihren Klassen und an Kollegen verteilt. Ob es etwas nützte, blieb abzuwarten. Allerdings hatte Val bemerkt, daß viele Titel, die sie in ihrer Liste aufgeführt hatte, im Taschenbuchständer fehlten. Hoffentlich bedeutete das, daß sie ausgeliehen waren und nicht gestohlen, obwohl Sarah die Regale stets gut im Auge behielt, selbst wenn sie anderweitig beschäftigt war.
In einer Hinsicht verlief dieser Tag jedoch genauso wie der gestrige Abend. Val verschwendete viel Zeit damit, Glückwünsche abzuwehren und Erklärungen zu liefern. Offenbar hatte jeder Einwohner Hazletons die Gesellschaftsseite dieser speziellen Ausgabe der *Tribune* aufs gewissenhafteste gelesen oder war durch Freunde oder Bekannte auf die Verlobungsanzeige aufmerksam gemacht worden.
Tatsächlich tauchte jeder, mit dem Val in den drei Monaten ihres Hierseins flüchtige Bekanntschaft geschlossen hatte, im Laufe des Tages in der Bibliothek auf.
Die Reaktionen auf ihre Richtigstellung verliefen unterschiedlich. Trudy Bowers, die die Kinderbücherei führte, und die sich im vergangenen Jahr mehrmals mit Martin privat getroffen hatte, sah nicht so aus, als ob sie es bedauerte, daß Martin nun doch nicht in festen Händen war. Allerdings schien sie mit ihren kurzen Röcken und knielangen Stiefeln nicht gerade Martins Typ zu

sein.
Cecil Willis – pausbäckig, kahlköpfig und Mitglied der Bibliotheksverwaltung – setzte im Geist offensichtlich eine Verlobung mit Kinderkriegen und automatischem Rückzug aus dem Berufsleben gleich und atmete hörbar auf, als er erfuhr, daß er sich nicht schleunigst nach einer neuen Bibliothekarin umsehen mußte.
Die Reaktionen variierten von höflichem Bedauern, geheuchelter Entrüstung bis hin zu aufrichtigem Zorn darüber, wie die *Tribune* ungeprüft eine solche Mitteilung drucken konnte und wie gedankenlos es sei, jemandem einen solch gemeinen Streich zu spielen, zumal ausgerechnet Martin Forster.
Kurz vor zwölf tauchte Sheriff Mel Lawrence auf. Er war Mitte Vierzig, korpulent und hatte rötliches, krauses Haar. Mit einleitenden Worten hielt er sich nicht auf. Sobald sie sich in Vals Büro befanden, kam er zur Sache.
»Fanden Sie das gestern abend am Halsband Ihres Katers?« Er hielt ihr das Blatt Papier unter die Nase.
Ein Blick auf die akkuraten Blockbuchstaben genügte. Sie nickte. »Hat Martin Ihnen das gegeben?«
»Ja. Haben Sie das Stück Papier zuerst entdeckt, oder war es Forster?«
»Man könnte sagen, wir haben es beide gleichzeitig entdeckt.«
»Wie soll ich das verstehen?«
»Martin sah, daß etwas am Halsband steckte. Aber ich nahm den zusammengefalteten Zettel ab. Warum fragen Sie?«
»Könnten Sie mir den Vorgang bitte ganz genau schildern?«
»Kann ich. Aber hat Martin Ihnen denn nicht schon alles erzählt?«
»Doch. Aber ich möchte es gern noch einmal von Ihnen hören, wenn es Ihnen nichts ausmacht.«
Verblüfft starrte sie den Sheriff einen Moment lang an, dann zuckte sie gleichmütig die Achseln. »Von mir aus, wenn Sie wollen.«
Mit wenigen Sätzen schilderte sie Muldoons Heimkehr durch den Keller, und wie sie den Zettel an seinem Halsband entdeckt hatten. »Und für den Fall, daß Sie mich im dunkeln tappen lassen wollen«, schloß sie, »kann ich Ihnen gleich sagen, daß ich im Bil-

de bin, was mit Martins Frau passiert ist. Sarah hat es mir erzählt.«
Stirnrunzelnd blickte er sie an. »Was hat sie Ihnen erzählt?«
»Daß Martins Frau Sandra hieß und ermordet wurde. Und daß man sie vorher mit irgendwelchen Warnungen oder Drohungen terrorisierte. Waren das eigentlich Briefe wie dieser?«
Nach kurzem Zögern nickte Sheriff Lawrence. »Zum Teil, ja. Die erste Drohung glich dieser hier bis in die kleinsten Einzelheiten. Sogar die Art der Überbringung ist die gleiche. Sie war auch an einem Katzenhalsband befestigt.«
»Ach! Kein Wunder, daß Martin sich so aufregte. Was geschah danach? Worauf muß ich mich gefaßt machen, falls dieser Witzbold seine Scherze weitertreibt?«
»Sie fassen es also als Scherz auf?«
»Was könnte es sonst sein? Diese Drohung und die Verlobungsanzeige – die Anzeige haben Sie doch gesehen, oder?«
»Mr. Forster machte mich darauf aufmerksam, als er mir diesen Brief hier brachte.«
»Na ja, es kann sich ja nur um einen dummen Streich handeln.«
»Wahrscheinlich haben Sie recht. Forster ist zumindest der gleichen Auffassung.«
»Und Sie? Was ist Ihre Meinung?«
Der Sheriff zuckte mit den breiten Schultern. »Wie Sie schon selbst sagten, was sollte es sonst sein? In Hazleton gibt es sicher niemanden, der einen Grund hätte, Sie zu töten.«
»Ich kann mir nicht vorstellen, daß ich Feinde habe, die mir nach dem Leben trachten. Aber Sie haben meine Frage noch nicht beantwortet. Womit habe ich zu rechnen, wenn dieser Streich weitergeht?«
»Anrufe, und zwar jede Menge. In einem Zeitraum von drei Wochen erhielt Mrs. Forster über ein Dutzend Anrufe.«
»Keine Briefe mehr?«
»Nur noch einen. Am Abend, bevor sie umgebracht wurde.« Er hielt inne und wich ihrem Blick aus. »Er war am Halsband ihrer Katze befestigt, genauso wie der erste.«
»Konnte sie die Stimme am Telefon denn nicht erkennen? Hat man festgestellt, woher die Anrufe kamen?«
Der Sheriff schüttelte den Kopf. »Es war nur ein Flüstern. Und

bis wir eine Fangschaltung installiert hatten, war es schon zu spät.«
»Und sie hatte nicht einmal eine Vermutung, wer der Anrufer war? Gab es denn überhaupt keinen Hinweis?«
»Wenn man jemanden anruft, den man ermorden will, dann stellt man sich nicht vor und hinterläßt auch keine Telefonnummer. Hören Sie, Miss Hamilton, wollen Sie das wirklich alles ganz genau wissen?«
»Selbstverständlich!« gab sie patzig zurück. Sein herablassender Tonfall reizte sie. »Martin mag ja derjenige sein, gegen den dieser gehässige Anschlag gerichtet ist. Aber ich habe den Eindruck, daß ich auch in der Schußlinie stehe. Ich finde, ich habe ein Recht darauf zu wissen, was vor sich geht.«
Unter gerunzelten Brauen blickte er sie an. »Sicher, so gesehen haben Sie recht. Aber viel gibt es da nicht zu erzählen.«
»Wenn dieser Anrufer über ein dutzend Mal mit Mrs. Forster sprach, dann muß er doch irgend etwas gesagt haben.«
»O ja, er sprach sogar sehr viel. Meistens redete er von ihren ehemaligen Freunden. Das Problem war nur, daß jeder zweite Mann in Hazleton einmal ihr Freund gewesen war. Und jeder Anruf bezog sich auf einen anderen Freund.«
»Zum Beispiel?«
»Das liegt jetzt schon fünf Jahre zurück!« entgegnete er mit plötzlicher Gereiztheit. »An jede Einzelheit kann ich mich wirklich nicht mehr erinnern.«
»Aber an einen oder zwei Fälle werden Sie sich doch . . .«
»Tut mir leid, ich erinnere mich an überhaupt nichts mehr! Und ich bin nicht hierhergekommen, um herumzustehen und mein Gedächtnis anzustrengen!«
»Weshalb sind Sie dann gekommen?«
»Ich kam wegen dieses Briefes.« Sheriff Lawrence holte tief Luft und sprach mit gesenkter Stimme weiter. »Ich frage Sie, ob Sie einen Verdacht haben, wer Ihnen den Zettel geschickt haben könnte. Verdächtigen Sie jemand?«
»Ich wüßte niemand. Es muß aber jemand sein, der meinen Kater kennt. Entweder wollte er Martin eins auswischen, oder er hat einen ausgeprägten Sinn für schwarzen Humor, wahrscheinlich trifft beides zu.«

Er nickte. »Ich möchte, daß Sie mir etwas versprechen.«
»Was denn?« Mißtrauisch blickte sie zu ihm hoch.
»Daß Sie mich sofort anrufen, wenn irgend etwas passiert – das heißt, wenn überhaupt etwas passiert.«
»Sie meinen, wenn ich noch einen dieser ominösen Anrufe erhalte?«
»Ja, alles.«
Die Art und Weise, wie er sprach, der ernste, eindringliche Ton, jagten ihr eine Gänsehaut über den Rücken. »Sie glauben doch nicht, daß es derselbe ist, der damals Martins Frau umbrachte?«
»Ich bezweifle es. Aber nichts ist unmöglich.«
»Also gut. Aber Sie sollten lieber Martin im Auge behalten. Schließlich sind die Drohungen gegen ihn gerichtet, nicht gegen mich.«
»Keine Bange. Ich sagte Mr. Forster das gleiche. Und vergessen Sie nicht«, sagte er, schon im Gehen, »rufen Sie mich an, zu jeder Tages- und Nachtzeit.«
Sie sah Sheriff Lawrence nach, während er durch die Bibliothek ging. Vor dem Ausgabepult blieb er kurz stehen und begrüßte Sarah Allen. Wenn Val ehrlich war, dann mußte sie zugeben, daß sie sich nach diesem Gespräch nicht ganz wohl in ihrer Haut fühlte.
Lange konnte sie ihre Gefühle jedoch nicht sondieren. Nach wenigen Minuten hatte sie die Angelegenheit bereits vergessen. Edna Plover stattete ihr nämlich einen Besuch ab.
Wie immer, rauschte Edna durch die Glastür, maß ihre Umgebung mit mißbilligenden, leicht verächtlichen Blicken, besonders aber den Ständer mit den zerfledderten Taschenbüchern und Trudy Bowers' kurzen Rock mit den Stiefeln. Sonst verweilte Mrs. Plover immer vor der Auslage mit den neuen Büchern, doch dieses Mal würdigte sie sie keines Blickes, sondern fegte schnurstracks durch bis zu Vals Pult.
Mit ihrer Größe, dem grauen Haar und forschen Auftreten hätte Mrs. Plover eine imposante Erscheinung abgegeben, wäre nicht der Hut gewesen, eine breitkrempige, blumengeschmückte Angelegenheit mit kurzem Schleier. In Vals Augen machte er die ganze Wirkung des offensichtlich teuren rostroten Kleides und der dreiviertellangen Pelzjacke zunichte. Edna Plovers Hüte – und sie

schien für jede Gelegenheit einen zu besitzen – erinnerten sie immer an Dekorationen in einem Blumengeschäft.

Val seufzte innerlich, als die Dame näherrückte. Edna Plover war Martin Forsters Tante. Das hatte jedoch nichts weiter zu bedeuten, außer daß es bewies, daß Körpergröße, eine schlanke Figur und gestelztes Benehmen sich vererbten.

Mehr Sorgen bereitete Val der Umstand, daß Edna Plover in einer neugegründeten Bewegung zur Förderung gehobener Literatur durch übertriebene Aktivität auffiel, einer literarischen Reformbewegung, die in letzter Zeit leider immer lautstarker von sich reden machte. Flora Shoemaker, die Chefbibliothekarin, die im Begriff stand, sich zur Ruhe zu setzen, hatte Val gewarnt. Aber um Edna Plover fürchten zu lernen, mußte man einen ihrer Auftritte persönlich miterlebt haben.

»Einige literarische Zirkel dieser Art verfolgen durchaus vernünftige Ziele«, hatte Flora gemeint. »Aber nicht Edna und ihre Anhänger. Ich sage Ihnen eines, Edna wird erst dann – und nur dann – Ruhe geben, wenn die Bibliotheksverwaltung ihr die Auswahl sämtlicher neu einzukaufender Bücher überläßt. Im Grunde genommen ist das ihre schwache Stelle. Ihre Ansichten sind so weltfremd und hochgestochen, daß sie selbst hier nicht viele Anhänger hat. Aber selbst wenn es zahlenmäßig auch wenige sind, so reißen sie den Mund um so weiter auf. Nehmen Sie sich in acht! Und vergessen Sie nicht, daß es in unserer Bibliothek keinen mächtigen Verwaltungsapparat gibt, so wie in Milwaukee, der sich im Ernstfall hinter Sie stellen könnte.«

Val hatte nur gelacht. »Ich werde mit Edna schon fertig werden.«

»Was kann ich für Sie tun?« fragte Val, als Mrs. Plover vor ihrem Pult stehenblieb. Sie zwang sich zu einem höflichen Lächeln.

Mrs. Plover streckte eine Hand aus und ließ ein paar Blätter Papier neben der vorsintflutlichen Schreibmaschine auf das bereits mit Zetteln übersäte Pult fallen. Val bemerkte, daß sie trotz des warmen Wetters Handschuhe trug. »Sie haben, glaube ich, bereits genug getan. Vielen Dank!« Die Stimme klang noch gezierter und noch schnippischer als sonst.

Val warf einen Blick auf die Blätter und hätte am liebsten laut aufgestöhnt. Es handelte sich um die Bibliographie, die sie für die Leute aufgestellt hatte, die normalerweise nicht zum Lesen zu be-

wegen waren. Mit einer Reaktion hatte sie gerechnet – aber nicht so früh.
»Ja, ich habe mir auch viel Mühe gegeben.« Sie nahm die Blätter an sich. »Ich glaube, einen ersten Erfolg kann ich schon für mich verbuchen.« Sie deutete auf den Taschenbuchständer. »Ein paar Bücher, die ich aufgeführt hatte, sind bereits ausgeliehen.«
Mrs. Plover riß ihr die Listen aus der Hand und fuchtelte ihr damit vor der Nase herum. »Darf ich fragen, was Sie mit diesem Sammelsurium von Schundromanen bezwecken wollen?«
»Meinen Sie meine Bibliographie?« Val mußte sich zwingen, ruhig zu sprechen.
»Wenn Sie diesen Ausdruck dafür zweckentfremden wollen, ja. Offensichtlich ist Ihre Auffassung von dem, was Literatur ist, wesentlich anders als meine.«
»Glauben Sie? Haben Sie sich die Titel auf meiner Liste einmal genau angesehen?«
»Mit der Liste bin ich leider nur allzu bestens vertraut.«
»Sind Sie dann gekommen, um sich ein paar Bücher auszuleihen?«
»Ich werde mich hüten, diesen Schund auch nur in die Finger zu nehmen!«
Val zuckte die Achseln. »Wie Sie wünschen. Weshalb sind Sie denn hierhergekommen, wenn ich fragen darf?«
Mrs. Plovers Augen unter dem kurzen Schleier funkelten. »Sie könnten mich darüber aufklären, was diese – diese Liste hier zu bedeuten hat. Die Tochter einer Freundin brachte sie aus der Schule mit nach Hause, heute mittag. Wenn ich richtig verstanden habe, dann verteilte die Lehrerin sie an die gesamte Klasse.«
Val nickte. »Das stimmt. Mrs. Wright holte sich letzte Woche bei mir die Liste ab. Sie wollte sie fotokopieren und weiterverteilen. Andere Lehrer interessieren sich auch dafür.«
»Ich kann nicht begreifen . . .«
»Mrs. Wright bat mich, diese Liste aufzustellen.« Val setzte ihr freundlichstes Lächeln auf, obwohl sie wußte, daß es, genauso wie ihre Erklärung, reine Zeitverschwendung war. »Sie wissen sicher, daß der heutige Trend dahin geht, daß kaum noch gelesen wird. Einige Lehrer der High School bemühen sich, dieser Einstellung entgegenzuwirken, wenigstens in ihren eigenen Klassen.

Diese Bibliographie stellt nur eine Liste von Büchern dar, von denen wir hoffen, daß sie Kinder und Jugendliche zumindest für ein paar Stunden vom Fernsehgerät fernhalten.«
»Sie geben demnach zu, daß diese Liste Ihr Werk ist? Sie gibt also Ihre abstruse Auffassung von empfehlenswerten Büchern wider?«
»Wenn Sie es so ausdrücken wollen, ja. Natürlich, ich gebe zu, daß es literarisch wertvollere Bücher gibt, aber . . .«
»Das weiß ich selbst!« schnitt Mrs. Plover ihr das Wort ab. »Ich könnte Ihnen eine Liste aufstellen – eine wirklich gute Liste!«
»Davon bin ich überzeugt, aber Sie müssen verstehen – diese Liste ist für Kinder und Jugendliche gedacht, die normalerweise kein Buch in die Hand nehmen. Der Gedanke dabei ist . . .«
»Was Sie sich denken, kann ich mir vorstellen. Sie wollen unserem Erziehungssystem Ihr eigenes niedriges Niveau aufzwingen! Und ich muß Ihnen sagen, daß Sie dieses Mal zu weit gegangen sind. Selbst Mrs. Shoemaker hätte sich so etwas nie erlaubt!«
»Es tut mir leid, wenn Sie das so auffassen«, gab Val betont ruhig zurück. »Aber ich weiß wirklich nicht, warum Sie sich so aufregen.«
Geraume Zeit verharrte Mrs. Plover schweigend vor Vals Pult. Unverhofft lächelte sie, ein dünnes, hochmütiges Lächeln, das ihr eckiges Gesicht in die Breite zog. Val dachte sich, daß eine gewisse Ähnlichkeit mit ihrem Neffen, Martin Forster, nicht zu leugnen war.
»Ich glaube nicht, daß Sie schon einmal eine unserer Versammlungen besucht haben, Miss Hamilton«, sagte Mrs. Plover mit geheuchelter Freundlichkeit.
»Nein«, gab Val zu. »Leider habe ich nicht viel Zeit. Aber von Ihrem literarischen Zirkel habe ich natürlich schon gehört.«
»Davon bin ich überzeugt. Ich lege Ihnen dringendst ans Herz, doch einmal die Zeit für einen Besuch zu erübrigen. Wenn Sie erst einmal unsere anderen Mitglieder kennenlernen und sich mit deren Meinungen und Ansichten vertraut machen, verstehen Sie unsere Ziele vielleicht etwas besser. Für Sie könnte es von besonderer Wichtigkeit sein, weil nächste Woche eine Sitzung des Bibliotheksvorstandes stattfindet. Die Öffentlichkeit ist eingeladen, der Sitzung beizuwohnen.«

Sollte das eine Drohung sein, fragte sich Val. Innerlich fand sie sich bereits damit ab, daß sie sich aufraffen und eine der Zusammenkünfte des literarischen Zirkels besuchen mußte. Flora Shoemaker hatte sie ja gewarnt. Im übrigen stimmte das Sprichwort, daß man im Vorteil war, wenn man seinen Feind kannte.
»Sie haben sicher recht«, meinte Val. »Ich gebe zu, Ihr literarischer Zirkel macht mich neugierig.«
Mrs. Plovers Lächeln verzog sich bei Vals Kapitulation ins Selbstgefällige. Aus ihrer Stimme klang Triumph, als sie Val in Kenntnis setzte, wann und wo sich der Zirkel das nächste Mal treffen würde. Zum Dinner im *Arlen*, eines der teuersten Restaurants in Hazleton.
»Sie sind natürlich unser Gast«, schloß sie huldvoll. Sie rauschte hinaus, dieses Mal sogar ohne den Taschenbüchern oder Trudys kurzem Rock einen niederschmetternden Blick zu gönnen.

## 3

Kurz vor sechs verließ Val die Bibliothek. Trudy Bowers und eine Halbtagskraft, Angie Harris, übernahmen heute den Spätdienst. Muldoon schnurrte wie ein gutgeölter Motor, als Val die Haustür aufschloß; den Kater füttern war also erst mal das Wichtigste.
Sie überlegte, ob sie sich selbst einen Happen zubereiten sollte, stellte aber fest, daß ihr der rechte Appetit fehlte. Heute abend würde sie vermutlich überhaupt keinen Bissen hinunterkriegen, nicht, bis sie ihren »Auftritt« über die Bühne gebracht hatte. Auf Partys oder Picknicks hatte sie schon oft zur Gitarre gesungen, aber das waren alles ungezwungene Gesellschaften gewesen, mit anderen Gitarristen und vielen Leuten, die mitsangen. Vor allen Dingen hatte es jeder als Spaß aufgefaßt. Doch in diesem Fall lagen die Dinge anders – lauter relativ fremde Menschen würden der Veranstaltung beiwohnen.
Sie überlegte, von wem die Idee für die Wohltätigkeitsveranstaltung ursprünglich stammte, doch sie kam nicht mehr darauf. Sie schien aus dem Nichts geboren zu sein. Das einzige, woran sie sich noch genau erinnern konnte, war die Begeisterung, mit der

Katherine Roberts die Sache in Angriff genommen hatte. Durch die *Tribune* hatte sie das Ereignis so publik gemacht wie nur irgend möglich.

Angefangen hatte es mit einer Party, die Katherine Roberts in ihrer Eigenschaft als Präsidentin des Bibliotheksvorstandes zu Ehren der neuen Bibliothekarin gab. Irgend jemand – wahrscheinlich war es noch sie selbst, Val, gewesen – hatte sich über den Mangel an guten Musikkassetten in der Bücherei beklagt. Alle gaben ihr recht, aber es stand einfach nicht genug Geld zur Verfügung, um neue zu kaufen. Jemand anders schlug vor, eine Wohltätigkeitsveranstaltung aufzuziehen und von den Spendengeldern Musikkassetten anzuschaffen. Alles weitere ergab sich dann wie von selbst.

Jeder, einschließlich Val, hatte einiges getrunken, und am Ende des Abends hatte sich eine neue Organisation gegründet – die Freunde der Hazleton Leihbücherei, Sparte Musikkassetten. Halb im Scherz hatte Val vorgeschlagen, sie könne ihre Gitarre mitbringen, wenn jemand sie dazu auf dem Tambourin begleiten würde.

Am nächsten Tag, als die euphorische Stimmung abgeklungen war, kam ihr die Idee schon längst nicht mehr so gut vor. Aber wie bei den meisten Dingen, die einmal ins Rollen gebracht waren, ließ sich auch hier kein Einhalt mehr gebieten. Eigens für diese Veranstaltung kaufte Katherine sogar ein Tambourin, weigerte sich jedoch zu verraten, wer es spielen sollte. Es wurde ein Saal im Gemeindezentrum reserviert.

Jetzt, wo es soweit war, mußte Val sich eingestehen, daß sie Lampenfieber hatte wie vor einer Galapremiere. Als der Zeitpunkt für ihren Auftritt näherrückte, verstieg sie sich sogar zu der Ansicht, daß sie für die falsche Verlobungsanzeige mit all ihren Verwicklungen noch dankbar sein sollte. Selbst Mrs. Plovers kurzes aber ungestümes Erscheinen sah sie jetzt in einem freundlicheren Licht. Diese Vorkommnisse hatten sie wenigstens abgelenkt und ihr Lampenfieber bis nach Dienstschluß verschoben.

Ihre Nervosität hatte den Siedepunkt erreicht, als Dan Richards kurz nach halb sechs an ihrer Tür klingelte. Wie üblich, trug er keine Krawatte, das dunkelblaue Strickhemd stand am Hals offen. Das blonde Haar fiel ihm in die Stirn und ringelte sich über den

Ohren und im Nacken.
Er bemerkte sofort ihr ungewöhnlich ernstes Gesicht und die hektischen, abrupten Bewegungen, mit denen sie ihn ins Haus bat.
»Nimm's mir nicht übel, aber du siehst aus, als wolltest du zu einer Beerdigung gehen«, meinte er.
»Auf deine scharfe Beobachtungsgabe kannst du stolz sein. Dafür siehst du so entspannt aus, daß es für zwei reicht.«
Er hob die Schultern. »Ich gebe mir eben Mühe. Es ist gar nicht so einfach, Anwalt und Gemütsmensch zugleich zu sein. Kann ich dir irgendwie helfen?«
Sie schüttelte den Kopf. »Ich wüßte nicht, wie.«
»Was hältst du von einem guten Essen? Würde das deine Nerven beruhigen? Erinnerst du dich noch, wir hatten ohnehin geplant, vor der heutigen Vorstellung irgendwo zusammen essen zu gehen.«
»Ich hab's nicht vergessen. Aber im Augenblick bin ich so aufgeregt, daß mir der Appetit vergangen ist. Vielleicht hinterher.«
»Ganz wie du willst.« Er nahm den Gitarrenkasten, der an einem Ende der Couch lehnte. »Heute abend bist du der Star.«
Val lachte. Es klang reichlich schrill. »Danke für die Blumen. Aber wenn du so redest, machst du alles nur noch schlimmer.«
»Keine Angst, es wird schon klappen. Jeder ist dir wohlgesinnt.«
»Ich weiß, ich weiß. Ich mache mich ja selbst verrückt.«
Nachdenklich blickte Dan sie eine Weile an, dann wandte er sich unvermittelt zur Tür. »Komm jetzt. Ich will dir etwas zeigen.«
Ohne ihre Antwort abzuwarten, marschierte er hinaus, legte die Gitarre auf den Rücksitz seines roten Checkers und setzte sich hinter das Steuer. Als Val sich auf den Beifahrersitz fallen ließ, hatte er bereits das Handschuhfach geöffnet und einen kleinen Kassettenrecorder hervorgeholt.
Er drückte auf einen Knopf, und aus dem kleinen Lautsprecher tönte eine angenehme Altstimme. Obwohl sie die Stimme nicht kannte, kam ihr der Text nur allzu vertraut vor – es waren die letzten Zeilen des *Vicar of Bray*. Unwillkürlich formten ihre Lippen die Worte nach, während sie verblüfft Dan anschaute.
Dann verstummte die Stimme, und Dan schaltete das Gerät ab. »Nicht schlecht, wie?« fragte er grinsend.

»Wirklich nicht schlecht. Wer singt das?«
»Hast du die Stimme nicht erkannt? Aber das Lied kanntest du doch?«
Sie schüttelte den Kopf. »Aber ich möchte gern mehr von ihr hören.«
Sein Grinsen wurde breiter. »Kannst du haben. Valerie Hamilton hört Valerie Hamilton.«
»Was? Machst du dich über mich lustig?«
Statt einer Antwort ließ er das Band weiterlaufen. Dann, immer noch grinsend, stellte er fest: »Du wußtest gar nicht, wie gut du bist, nicht wahr?«
»Das soll ich sein? Wo hast du das aufgenommen?«
»Denk mal nach. Wann hast du dieses Lied zum letzten Mal gesungen?«
Sie furchte die Stirn. »Das muß auf deiner Party gewesen sein. Sag bloß . . .«
Sie unterbrach sich, als er triumphierend nickte. »Wenn du singst, dann scheinst du alles zu vergessen, was rings um dich vorgeht. Und der Kassettenrecorder ist so klein, daß man ihn ohnehin nicht bemerkt. Aus deiner Reaktion schließe ich, daß du deine Stimme noch nie auf Band gehört hast?«
Sie schüttelte den Kopf. »Noch nie. Übrigens war ich im Glauben, daß es gesetzlich verboten ist, Leute ohne deren Wissen auf Band aufzunehmen. Du als Rechtsanwalt müßtest das eigentlich wissen.«
»Anwälte sind auch nur Menschen. Aber sei doch ehrlich, bist du jetzt nicht selbst froh, daß ich das getan habe?«
»Das weiß ich nicht. Im Nachhinein finde ich die Stimme doch nicht mehr so berauschend. Wieviel hast du denn aufgenommen?«
»So ungefähr zwanzig Minuten. Das meiste davon halte ich sogar für sehr gut. Und ich hoffe, daß ich heute abend noch mehr aufnehmen kann.«
»Moment mal. Du kannst doch nicht einfach . . .«
»Es ist für einen guten Zweck. Das Band will ich der Bibliothek stiften. Sozusagen als Samenkorn um das herum die neue Kassettensammlung wachsen soll. Das kannst du doch schlecht ablehnen.«

Ehe sie weiter protestieren konnte, nahm er den Recorder und legte ihn auf den Rücksitz.
»Das wäre also abgemacht.« Er ließ den Motor an. »Hast du immer noch keinen Appetit?«
Sie nahmen einen kleinen Imbiß zu sich – sie aß wie ein Spatz, während er einen gesunden Hunger entwickelte, und da ihnen immer noch eine Stunde blieb, die ausgefüllt werden mußte, landeten sie schließlich in *Kempers Bowlingbahn.* Hazletons einzige Tischtennisplatte war zum Glück frei. In den nächsten vierzig Minuten gewann Val nur etwas mehr als die Hälfte der Partien, obwohl sie ihm diesmal nur vier Punkte Vorsprung anstatt wie sonst fünf oder sechs gegeben hatte.
Die körperliche Anstrengung hatte Val zwar weitgehend von ihrem Lampenfieber erlöst, machte aber eine eilige Rückfahrt zu ihrem Haus erforderlich, da sie naß geschwitzt war und sich umziehen mußte. Sie fragte Dan, ob er nicht auch ein frisches Hemd brauchte. »Stillgestanden hast du ja nicht, auch wenn du verloren hast.«
»Nicht nötig.« Er bemühte sich, ausnahmsweise einmal ein ernstes Gesicht zu machen. »Ich ziehe einfach den Blazer drüber.«
Kurz nach acht trafen sie im Gemeindezentrum ein. Es war Hazletons umfunktionierte ehemalige High School. Ihre Schritte hallten in den hohen, leeren Korridoren, als sie dem Saal, der früheren Aula, zustrebten.
An einem Ende des Saales war ein kaltes Büfett aufgebaut. Die Atmosphäre erinnerte eher an eine private Feier als an eine offizielle Veranstaltung. Viele der jüngeren Frauen trugen lange Hosen und Pullover wie Val, einige waren sogar in Jeans gekommen. Ganz selten sah man jemand in Anzug und Krawatte.
Trotzdem feierte Vals Lampenfieber lebhafte Wiederauferstehung, als Katherine auf die improvisierte Bühne trat, ein paar einleitende Worte sprach und Val vorstellte. Sie bat um Liedervorschläge.
Als erster meldete sich Dan und schlug *Flora, the Lily of the West* vor, zu Ehren Flora Shoemakers, die jahrzehntelang Hazletons Bibliothek geleitet hatte. Nach wenigen Zeilen fiel er sogar selbst mit ein, mit einem kräftigen, wenn auch nicht ganz sicheren Bariton.

Das Eis war gebrochen. Trudy Bowers, in einem Rock, der noch kürzer war als der, den sie in der Bibliothek getragen hatte, kam auf die Bühne und entpuppte sich als die »mysteriöse« Tambourinspielerin. Die Stimmung stieg, und nachdem Trudy ein Lied mit einem recht gewagten Text zum besten gegeben hatte, bedauerte Val, daß sie *Sam Hall* nicht doch gelernt hatte. Es hätte gepaßt.

Vals Lampenfieber verflog, sie dachte überhaupt nicht mehr daran, daß sie sich verspielen könnte, und im Laufe des Abends wurden von den ungefähr dreißig Gästen knapp vierhundert Dollar eingesammelt, darunter befand sich ein anonymer Umschlag mit fünfzig Dollar.

Gegen halb elf herrschte allgemeine Aufbruchsstimmung. Erst jetzt entdeckte Val Martin. Sie überlegte, wann er wohl gekommen sein mochte. Sie war davon überzeugt, daß er nicht von Anfang an mit dabeigewesen war. Sein ernstes Gesicht und seine konservative Erscheinung wären ihr mit Sicherheit aufgefallen. Während er von der einen Seite auf sie zukam, näherte sich ihr Dan von der anderen. In der Hand schwenkte er den Kassettenrecorder.

»Klingst ein bißchen dumpf, ist aber trotzdem nicht schlecht, wenn man die Akustik bedenkt. Möchtest du einen Ausschnitt hören?«

»Nur wenn du den Mut hattest, deine eigene Stimme mit aufzunehmen«, erwiderte sie lachend.

»Aber sicher. Und das Tambouringeklapper von deiner langbeinigen Freundin ist auch mit drauf. Wer weiß, vielleicht bedeutet das noch für dich den Beginn einer musikalischen Karriere.«

Sie schüttelte den Kopf. »Nein, danke. Hobby soll Hobby bleiben und nicht in Arbeit ausarten. Dann geht der Spaß nämlich verloren.«

Dan zuckte die Achseln. »Und ich wollte dich schon managen.« Erst jetzt bemerkte er Martin. »Wie ist Ihre werte Meinung, Sir? Sie als unvoreingenommener Zuhörer und momentaner Verlobter, glauben Sie, daß Miss Hamilton sich unter professionellen Sängern behaupten könnte?«

»Du warst sehr gut«, antwortete Martin, ohne auf Dans scherzenden Ton einzugehen. Als er sie ansah, bemerkte sie die feinen

Schweißperlen auf seiner Stirn. Dabei war der Saal nicht übermäßig warm. »Kann ich einen Augenblick allein mit dir sprechen?«
Val zögerte, doch Dan sprang hilfreich ein. »Sprecht euch nur aus. Schließlich seid ihr ja verlobt.« Er schaute auf das kalte Büfett. »Ich gehe mal da drüben hin, damit ich nicht vor Hunger zusammenbreche.«
Martin nahm Val beim Arm und bugsierte sie hinaus in den ungemütlichen, kahlen Korridor.
»Hast du heute mit dem Sheriff gesprochen?« erkundigte er sich, als sie sich ein paar Schritte von der Tür entfernt hatten.
Sie nickte und schilderte ihm das Gespräch, einschließlich der Ermahnung, bei irgendwelchen absonderlichen Vorkommnissen Sheriff Lawrence sofort anzurufen. Sie schloß mit der Feststellung: »Aber ich werde das Gefühl nicht los, daß er mir absichtlich einiges verschwiegen hat.«
»Das kann schon sein. Aber es ist sicher das beste, wenn du dich an das hältst, was er dir sagt.«
»Das hört sich an, als hieltest du die ganze Sache letzten Endes doch nicht für einen harmlosen Scherz. Gestern abend hast du noch ganz anders geredet.« Sie faßte nach seinem Arm. »Bist du zu der Ansicht gelangt, daß doch etwas Ernstzunehmendes dahintersteckt?«
Er schüttelte heftig den Kopf. »Nein, überhaupt nicht. Ganz und gar nicht. Bloß . . .« Er brach ab und fuhr sich nervös mit der Zunge über die Lippen. »Ich muß die ganze Zeit darüber nachdenken. Der Vorfall will mir einfach nicht aus dem Kopf gehen. Ich weiß, daß ich derjenige bin, der getroffen werden soll. Aber da gibt es etwas, das du meiner Meinung nach wissen mußt.« Er rieb sich die Stirn, um sich den Schweiß abzuwischen.
»Egal, was es ist«, sagte sie, »du brauchst mir nichts zu erzählen. Nur weil irgendein Schwachkopf glaubt, seine Aggressionen an dir auslassen zu müssen . . .«
»Nein!« Obwohl er leise sprach, klang seine Stimme scharf. »Ich muß es dir sagen. Wahrscheinlich bist du in Gefahr!«
»Ich sollte in Gefahr sein? Aber warum denn? Angenommen, es war nicht als Scherz gedacht, dann wäre ich doch nur in Gefahr, wenn ich dich heiratete. Und der Widerruf räumt doch wohl mit sämtlichen Zweifeln auf.«

»Ich begreife das auch nicht.« Seine Augen wanderten unstet den Korridor entlang. Dann sah er sie wieder an. »Ich weiß nur, daß man Sandras Mörder nie gefaßt hat. Darüber weißt du doch Bescheid, nicht wahr? Hat Lawrence dir erzählt, daß die Polizei vollkommen im dunkeln tappte?«

»Ja, das hat er gesagt. Aber du willst damit doch nicht etwa sagen, daß der, der mir den Brief schickte, mit Sandras Mörder identisch ist. Oder daß mein Leben tatsächlich bedroht ist. Das wäre doch – einfach absurd.«

»Das weiß ich. Und wenn es nicht ausgerechnet du wärst, würde ich mir auch gar keine Gedanken machen.«

Sie zog die Augenbrauen hoch. »Wieso ausgerechnet ich? Was ist denn so Besonderes an mir?«

Geraume Zeit stand er reglos da. Dann faßte er in sein Jackett und zog eine Brieftasche hervor. »Hast du schon mal ein Foto von Sandra gesehen?«

»Natürlich nicht. Aber was spielt denn das für eine Rolle?« Herr des Himmels, dachte sie, der Mann geht mir auf die Nerven.

»Da.« Er reichte ihr eine Schwarzweißfotografie.

»Sandra?« fragte sie und nahm das Bild in die Hand.

»Ja. Das ist Sandra. Kommt sie dir irgendwie bekannt vor?«

Sie hielt das Bild schräg, um möglichst viel von dem Licht einzufangen, das die nackte Glühbirne hoch oben an der Decke abgab. Ein schmales, lächelndes Gesicht, volle, schöngeschwungene Lippen. Die Augen lagen tief, sahen aber aus, als ob sie funkelten. Das Haar, fast genauso kurz geschnitten wie Vals, war dunkel und lockig.

»Es tut mir wirklich leid«, sagte sie lahm. Einen Moment lang erschreckte sie die Vision, dieses Gesicht könnte ihr starr und tot aus einem Sarg entgegenblicken. »Sie war sehr hübsch.« Es kostete sie Überwindung, in der Vergangenheitsform zu sprechen. »Aber bekannt kommt sie mir nicht vor. Müßte ich sie denn kennen?«

»Erinnert sie dich an niemand?«

Kopfschüttelnd reichte sie ihm das Bild zurück. Martin betrachtete es kurz in dem trüben Licht, dann wanderte sein Blick zu Val. Er musterte sie mit einem sonderbaren, reservierten Gesichtsausdruck, so als behagte ihm nicht, was er sah.

»Dann schau doch mal in den Spiegel«, riet er ihr.

Während des Abendessens in einem billigen Restaurant – die besseren hatten um die späte Stunde bereits geschlossen – hielt Dan seine Neugier bemerkenswert im Zaum. Er stellte auch keine Fragen, als sie die zwei Meilen bis zu ihrem Haus fuhren. Nachdem er den Motor abgestellt hatte, drehte er sich auf dem Sitz zu ihr um. Das Licht der Straßenlaterne – die einzige in dieser Hälfte des Häuserblocks – warf ihr mattes Licht durch die Windschutzscheibe. Der Lichtschein traf so auf sein Gesicht, daß die kleine Narbe an seinem Kinn, die normalerweise kaum zu sehen war, deutlich hervortrat.

»Da du mir bis jetzt nicht erzählt hast, was Martin so Dringendes mit dir zu besprechen hatte, schließe ich daraus, daß du mich noch ins Haus bitten willst, um mit mir darüber zu reden. Stimmt's?«

»Ja, sicher.« Sie zwang sich zu einem hastigen Lächeln. Sie faßte nach hinten, um die Gitarre vom Rücksitz zu nehmen, aber Dan kam ihr zuvor. Mit der Gitarre im Arm ging er auf die Haustür zu. Sie suchte nach dem Schlüsselbund und folgte ihm.

»Es handelt sich um eine ernstere Angelegenheit, nicht wahr?« fragte er, während sie die Tür aufsperrte.

»Ich weiß es selbst nicht.« Sie stieß die Tür auf und bedeutete ihm, einzutreten. Sie zeigte ihm, wo er die Gitarre abstellen sollte. »Vielleicht kannst du mir etwas dazu sagen.«

»Ich sage gern meine Meinung, wenn ich eine habe.«

Sie hörten das weiche Geräusch von Samtpfoten. Muldoon strich ins Wohnzimmer und blickte sich schnurrend um. Dan bückte sich, nahm den Kater auf den Arm und begann, ihm mit der anderen Hand den Bauch zu kraulen. Das Schnurren wurde lauter, und genüßlich streckte Muldoon alle viere von sich. Vorsichtig ließ sich Dan auf die Couch sinken.

»Nun?« munterte er sie auf. »Du warst im Begriff, mir dein Herz auszuschütten.«

Mit wenigen Worten schilderte sie ihm den Vorfall mit dem Brief und die Warnungen, die sie nicht nur von Martin sondern auch vom Sheriff erhalten hatte. Dans Augen weiteten sich. Er unterbrach sie nicht, nur die Hand, die Muldoons Bauch kraulte, bewegte sich langsamer und hörte schließlich ganz damit auf. Als sie mit Erzählen zu Ende war, blickte sie ihm direkt in die Augen. »Also, was ist deine Meinung? Du kannst ganz offen sagen, was du denkst.«

»Möchtest du wissen, ob du aussiehst wie Martins Frau?« Er überlegte kurz. »Tja, jetzt, wo man mich darauf aufmerksam macht, fällt mir eine gewisse Ähnlichkeit auf. Aber über das rein Äußerliche geht die Ähnlichkeit nicht hinaus, das kann ich dir versichern.«

»Ach?« Sie blickte ihn fragend an. »Kanntest du sie gut?«

Er ließ sich mit der Antwort Zeit. Unterdessen drehte er Muldoon auf die andere Seite und löste die Krallen aus seinem Jakkett, damit er ihn auf den Boden setzen konnte.

»Na, rede schon.« Sie ignorierte Muldoon, der in Richtung Küche trottete und sich unterwegs mehrere Male hoffnungsvoll umsah.

»Ich kannte sie. Aber ich würde nicht behaupten, daß ich sie gut kannte.«

»Fang du jetzt auch nicht noch mit dieser Geheimnistuerei an! Das ist doch sonst nicht deine Art. Martin reicht mir schon!«

Er mußte lächeln. »Du hast recht. Ich lege ein volles Geständnis ab. Also gut, ich kannte sie. Ich ging sogar ein paarmal mit ihr aus. Und ich war einer der Verdächtigen. Zusammen mit Martin und allen anderen Männern, die irgendwann einmal mit ihr zu tun gehabt hatten.«

»Aber du hast sie nicht umgebracht?«

»Was denkst du von mir! Allerdings kann ich es nicht beweisen, das will ich dir nicht verheimlichen. Ein Alibi hatte ich nicht. Zu der betreffenden Zeit war ich zu Hause, und zwar allein.« Er zuckte mit den Schultern. »Zum Glück hatten die meisten Verdächtigen auch keine Alibis. Außer Martin natürlich. Er war so ungefähr der einzige mit einem hieb- und stichfesten Alibi.«

»Das ist mal wieder typisch für ihn. Was meintest du vorhin damit, als du nachdrücklich betontest, wir seien uns nur äußerlich ähnlich.«

Er zögerte und machte plötzlich ein ernstes Gesicht. »Was ich dir jetzt sage, behältst du bitte für dich, ja? Besonders Martin darf kein Wort davon erfahren.«

»Ja. Aber warum?«

»Weil Martin dachte – womöglich glaubt er es immer noch – sie sei vollkommen, wenigstens nachdem er sie kennenlernte. Und Martin würde mir die Hölle heiß machen, wenn er erführe, was ich wirklich von ihr hielt.«
»Von mir wird er jedenfalls nichts erfahren. Also gut. Und wie war deine Meinung über sie?«
»Daß sie Marty an der Nase herumgeführt hat.«
»Wieso?«
»Sie war – jedenfalls fand ich das immer – ein ganz ausgekochtes, raffiniertes Biest. Ich bin heute noch davon überzeugt, daß sie Marty nicht aus Liebe heiratete. Sie mochte ihn nicht einmal besonders.«
»Aus welchem Grund hat sie ihn dann geheiratet?«
»Aus einem rein pragmatischen Grund. Er war eine gute Partie. Ein aufstrebender junger Rechtsanwalt, der mit Sicherheit einmal das große Geld machen würde.«
»Das ist ein typisch männliches Vorurteil, wenn du mich fragst. Viele Männer glauben, daß Frauen nur hinter dem Geld der Männer her sind.«
Er schüttelte den Kopf und lächelte ein bißchen. »Das finde ich nicht. Wenn ich gesagt hätte ›alle Frauen‹ oder ›die meisten Frauen‹, wäre das ein Vorurteil gewesen. Aber ich sprach von einer ganz bestimmten Frau, die ich, wie ich glaube, in dieser Hinsicht recht gut eingeschätzt habe. Im übrigen hast du mich um meine Meinung gefragt.«
»Entschuldige. Erzähl weiter. Bis jetzt weiß ich nur von ihr, daß sie mir ähnlich sah, eine Menge Freunde hatte und Marty aus vermutlich materiellen Gründen heiratete. Was meintest du damit, sie hätte Marty an der Nase herumgeführt?«
»Das ist ganz einfach. Dir ist doch sicher auch schon aufgefallen, daß Marty ein erzkonservativer, ernster Typ ist.«
Sie zuckte die Achseln, widersprach jedoch nicht.
»Na, egal«, fuhr Dan fort. »Jedenfalls war Sandra die absolut falsche Frau für ihn. Die ließ nichts anbrennen. Alle paar Wochen ein neuer Mann, manchmal zwei zur gleichen Zeit.«
»Wäre sie denn eher dein Typ gewesen?«
»Eigentlich schon, wenn ich ehrlich bin. Heute, wo ich den Ernst des Lebens kenne, allerdings nicht mehr. Auf jeden Fall hätte sie

besser zu mir gepaßt als zu Marty. Um es mal ganz allgemein auszudrücken, sie wechselte ihre Männer wie das Hemd, während für Marty nur eine lebenslange Bindung in Frage kommt.«

»Sie wechselte ihre Männer wie das Hemd?« Val mußte unwillkürlich schmunzeln. »Willst du damit sagen, daß Sandra in Hazleton das ›leichte Mädchen‹ war?«

»Flittchen gibt es auch in Kleinstädten, ob du es glaubst oder nicht. Ganz gleich, wie man es nennen will, im Grunde genommen war sie nichts anderes – bis sie Marty kennenlernte. Danach machte sie eine Wendung um hundertundachtzig Grad. Sie wurde über Nacht sozusagen lammfromm.«

»Stieg sie wie der Phönix aus der Asche als wiedergeborene Jungfrau hervor?«

Dan zog die Augenbrauen hoch, dann lachte er. »So könnte man es ausdrücken.«

»Bist du auch sicher, daß aus dir nicht nur die Eifersucht spricht?«

Dan machte wieder ein ernstes Gesicht, beinahe zu ernst. Dann schüttelte er den Kopf. »Ich war bestimmt nicht eifersüchtig. Aber mit solchen Behauptungen soll man vorsichtig sein, das gebe ich ganz offen zu. Bis zu ihrer Bekehrung hatte ich sie mehrere Monate lang nicht gesehen, aber wer weiß schon, welche Tricks einem das Unterbewußtsein vorspielt, wenn man eifersüchtig ist.«

»Was hat denn ihre unverhoffte Läuterung bewirkt?«

Er zuckte die Achseln. »Keine Ahnung. Marty bildete sich offenbar ein, er sei der Grund. Was vielleicht gar nicht so abwegig ist, wenn meine Theorie zutrifft, daß sie ihn . . .«

Ein jähes Geschepper, so als habe jemand eine Blechbüchse voller Kieselsteine zu Boden geworfen, schnitt ihm das Wort ab. Val sah, wie Dan vor Schreck erstarrte. Seine Blicke hetzten durch den Raum.

Nachdem der erste spannungsgeladene Moment abgeklungen war, lachte Val laut auf. »Das ist doch nur . . .« Sie unterbrach sich. »Komm mit, ich zeige dir etwas.«

Sie nahm seine Hand und zog ihn mit sich in die Küche, wo sie Licht machte. »Das war bloß Muldoon«, erklärte sie immer noch lachend. Sie zeigte auf den Kater, der mit dem Verschluß der Büchse mit Trockenfutter kämpfte, die er gerade vom Regal gestoßen hatte.

*Es klappte.*
*Endlich keimte der Same, schlug Wurzeln und begann zu wachsen. Ihr Gesicht – jedem, der nicht wie Forster den Kopf in den Sand steckte, mußte die Ähnlichkeit auffallen – hatte endlich die Schichten aus Feigheit und selbstauferlegter Blindheit durchdrungen. Gewaltsam waren ihm die Scheuklappen von den Augen gerissen worden.*
*Ja, es klappte. Der Weg war noch lang, aber der erste Schritt getan.*
*Jetzt war die Zeit reif, die nächste Phase des Geschehens einzuleiten, den zweiten Akteur des Dramas auftreten zu lassen.*
*Sandras Stimme, dünn und gespenstisch, füllte die Leere. Er wählte die Nummer und hielt den Hörer leicht gegen sein Ohr.*
*Es läutete sechs Mal, bis sich eine männliche, schlaftrunkene Stimme meldete. »Hallo?«*
*Er schwieg, ließ Sandras kristallklare Stimme durch den Äther schwingen.*
*»Wer ist da?« Jähe Angst klang aus der Stimme. Er verharrte in Schweigen, malte sich die Gedanken aus, die dem anderen durch den Kopf gehen mußten.*
*Die Stimme fluchte, aber der Mann legte nicht auf. Aus jeder Silbe, jedem Atemzug, jeder Pause sprach die Angst.*
*»Ich fragte, wer da ist! Was wollen Sie von mir?«*
*Er schwieg immer noch, wartete, lauschte, versuchte sich in die Vorstellungen des anderen hineinzuversetzen – strengte sich an, ihm seine eigenen Gedanken aufzuzwingen, seinen Geist zu durchdringen. Sandras Stimme, kräftiger nun, wo das Lied sich dem Ende näherte, hüllte ihn ein, überwand die Entfernung zum anderen, der jetzt stumm zuhörte.*
*Dann, mit einem Mal, wurde ihre Stimme heiser, die letzten Töne verließen ihre längst toten Lippen, und Stille trat ein.*
*In die Stille hinein sprach er: »Ich weiß, daß du sie ermordet hast. Ich wußte es schon immer, aber ich habe nichts unternommen – bis jetzt. Endlich brauche ich nicht länger zu warten. Jetzt wirst du bezahlen.«*
*Er wartete nicht auf eine Antwort. Er legte den Hörer auf die Gabel Er lächelte, als er sich im Geist das angstverzerrte Gesicht des anderen vorstellte. Jetzt war es nur noch eine Frage der Zeit . . .*

# 4

Als in den nächsten Tagen weder weitere mysteriöse Briefe noch Anrufe eintrafen, verlor sich Vals nervöse Spannung. Jemand hatte sich einen – wenn auch schlechten – Scherz erlaubt und ließ es allem Anschein nach dabei bewenden. Nach und nach schreckte sie nicht mehr jedes Mal hoch, sobald das Telefon klingelte oder ein unbekanntes Gesicht auftauchte. Als der Donnerstag anbrach, an dem abends die Zusammenkunft von Mrs. Plovers literarischen Freunden stattfinden sollte, fühlte Val sich fast wieder so ausgeglichen wie sonst.
In letzter Minute erbot sich Dan, sie zu begleiten und sie für die Dauer des Treffens mit juristischem Beistand zu versehen. Sie schlug das freundliche Anerbieten jedoch ab. Mit Bedacht wählte sie ihre biedersten Kleidungsstücke aus, – eine altrosa Bluse, einen langweiligen Faltenrock, dazu eine streng wirkende Jacke ohne jeden Pfiff –, verwendete sparsam nur ein paar Tupfer Parfüm und lief nach draußen zu ihrem Auto.
Als sie den Zündschlüssel ins Schloß steckte, wurde Val plötzlich stutzig. Sie rümpfte die Nase und schnupperte. Merkwürdig, wie es im Auto roch! Es dauerte eine Weile, bis sie herausfand, welcher Duft ihr da in die Nase stieg. Es roch schwach nach Flieder, ein recht angenehmer Duft, wenn auch ein bißchen aufdringlich. Es war ihr Parfüm. Sie konnte sich gar nicht erinnern, daß das Parfüm einen Fliederduft hatte, aber es war schon so lange her, seit sie es das letzte Mal benutzt hatte, daß sie sich ohne weiteres irren konnte. Vielleicht veränderte ein Parfüm mit der Zeit auch seine Duftnote. So etwas kam sicher vor. Ein Parfüm reichte bei ihr meist drei oder vier Jahre. Dieses hier besaß sie seit dem Sommer, als eine ihrer Arbeitskolleginnen in der Bibliothek sich als Avon-Beraterin zusätzlich Geld verdiente.
Bis zum Restaurant brauchte sie nur wenige Minuten. Der riesige Parkplatz gehörte gleichzeitig auch dem Golfklub, der sich gleich gegenüber befand. Auf dem Platz standen ungefähr ein Dutzend Autos, alles größere und teurere Modelle als ihr alter Gremlin.
Das Restaurant lag an einem See. Durch eine Lücke in der Hecke konnte sie das Wasser schimmern sehen. An dieser Stelle war der See mindestens eine Meile breit. Die Sonne brach durch die Wol-

kendecke und spiegelte sich als roter Ball in der ruhigen Wasserfläche wider.
Val raffte sich auf und betrat das feudale Lokal. Eine Empfangsdame geleitete sie durch den Speisesaal in den rückwärtigen Teil des Restaurants, in dem sich Konferenz- und Versammlungsräume befanden. Edna Plover begrüßte sie mit gedämpftem Enthusiasmus.
Das Treffen verlief genauso, wie Val es sich vorgestellt hatte. Während des Dinners – ein pikant gewürztes exotisches Geflügelgericht, das, wie Val fairerweise zugeben mußte, fabelhaft schmeckte, plauderte Edna im leichten Konversationston über den moralischen Verfall der Menschheit allgemein und der Literatur im besonderen. Danach ergriff ein Redner, der nicht aus Hazleton stammte, offiziell das Wort und erörterte die philosophischen Ziele und Richtlinien der Gruppe.
Nach dem Programm bildeten sich vereinzelt Diskussionsgrüppchen, wobei die meisten Mitglieder sich zum Redner begaben, um ihm ihr persönliches Lob auszusprechen. Wie zufällig richtete man hin und wieder das Wort an Val. Meistens drehte es sich darum, daß Lehrer sowie Bibliothekarinnen dazu verpflichtet seien, den Geschmack der Menschen durch ihr Vorbild zu formen und keine Zugeständnisse an dekadente Strömungen zu machen, die seichte Kost zur allgemeinen Lektüre erhoben.
Man gab selbstverständlich zu, daß es nicht leicht sei, »gegen den Strom zu schwimmen«, huldigte aber der festen Überzeugung, daß man seinen überlegenen intellektuellen Standpunkt auf jeden Fall verteidigen müsse.
Nur zweimal wurde die Bibliographie, der Stein des Anstoßes, direkt erwähnt. Und auch dann nur in dem Zusammenhang, wie schwer es sei, sich gegen den Volksgeschmack durchzusetzen, der bestimmte, was lesenswerte Literatur sei und was nicht.
Jeder gab sich sehr verständnisvoll und sehr einfühlsam. Keine offene Drohung wurde ausgesprochen. Aber unterschwellig ließ man Val spüren, daß man durchaus Mittel und Wege finden würde, Druck auf sie auszuüben, sollte sie in Zukunft weitere Aktionen starten, die den Vorstellungen des literarischen Zirkels zuwiderliefen.
Mrs. Plover, die in ihrem weinroten Kleid und dem unvermeidli-

chen Hut mit Schleier von der übrigen dezent in grau und braun gekleideten Gesellschaft abstach wie ein Paradiesvogel zwischen Hennen, wich die ganze Zeit über nicht von Vals Seite.
Zum Schluß dankte Val Mrs. Plover für den »lehrreichen Abend« und ergriff die Flucht. Als sie endlich die klimatisierten Räume verlassen hatte und draußen in der etwas schwülen Luft des Septemberabends stand, atmete sie erst einmal tief aus.
Das nichtssagende, eingefrorene Lächeln auf ihrem Gesicht erlosch. Sie stand am Fuß der Treppe, genoß die laue Abendluft und kostete das Gefühl der Freiheit aus, das sie plötzlich beschwingte. Sie konnte sich nicht erinnern, wann sie sich das letzte Mal so eingeengt gefühlt hatte. Der »Plover-Club«, wie sie den Zirkel insgeheim nannte, erzeugte in ihr eine Platzangst, die sie selbst dann befallen hätte, fände ein Treffen draußen auf freiem Feld statt. Jetzt tat es ihr ein bißchen leid, daß sie Dans gutgemeintes Angebot ausgeschlagen hatte. Er hätte zumindest etwas Leben in die Gesellschaft gebracht, obwohl das ihrer Beziehung zu der streitbaren Mrs. Plover vermutlich mehr geschadet als genutzt hätte.
Val holte noch einmal tief Luft und marschierte mit schnellen Schritten auf ihren Wagen zu. Auf dem Parkplatz standen immer noch dieselben Wagen. Vermutlich gehörten sie dem »Plover-Club«. Ein paar Autos waren noch dazugekommen. Alles teure Modelle. Amüsiert vermerkte sie, daß sich keiner auch nur in die Nähe ihrer alten Benzinkutsche gestellt hatte.
Val warf ihre Handtasche auf den Beifahrersitz, klemmte sich hinter das Steuer und versuchte, dem Motor Leben zu entlocken. Schon beim zweiten Versuch sprang er an. Ihr fiel ein, daß sie den Wagen vor Beginn der kalten Jahreszeit unbedingt noch zur Inspektion bringen mußte. Sie konnte Dan oder eine ihrer Kolleginnen nach einer zuverlässigen, billigen Werkstatt fragen.
Im Fahren kurbelte sie das Fenster ein paar Zentimeter herunter und ließ sich vom Fahrtwind das Gesicht fächeln und die Haare zausen. Während sie an den Häuschen vorbeifuhr, die gelegentlich das Seeufer säumten, verspürte sie ein leichtes Ziehen am Hinterkopf. Mit einer Hand rubbelte sie sich den Nacken und massierte den Halsmuskel, bis der Schmerz abflaute. Kommt alles daher, weil ich mich stundenlang zum Lächeln zwingen muß-

te, dachte sie. Reine Verspannungen.

Das Seeufer bog nach Westen hin ab. Die Straße führte geradeaus weiter nach Süden, durch ein dichtes Waldgebiet. Jetzt kam sie an keinen Häusern mehr vorbei. Weit vorn kündete ein matter Lichtschimmer Hazleton an.

Vor einer scharfen Kurve drosselte sie das Tempo. Als sie wieder Gas geben wollte, dauerte es ein Weilchen, bis der Wagen ruckartig vorwärts sprang.

Val fluchte vor sich hin. Das hatte ihr gerade noch gefehlt. Hatte sie mit der Inspektion zu lange gewartet? Sie blickte kurz auf das Armaturenbrett. Benzin war genug im Tank, Gott sei Dank. Auch blinkte keines der Warnlämpchen.

Sie drückte das Gaspedal tiefer durch. Der Wagen reagierte zögernd und unregelmäßig. Die Tachometernadel kletterte nur um ein paar Meilen höher.

Wieder fluchte sie leise. Na wenn schon, solange der Motor seinen Geist nicht vollends aufgab, war alles halb so schlimm. Nach der nächsten Kurve kam die Abfahrt auf den Highway, und von da aus waren es nur noch drei Meilen bis Hazleton. Bis dahin würde die Kiste schon durchhalten.

Kurz vor dem Stopschild hörte der Wald auf und gab den Blick auf den Highway frei. Sie traute sich nicht, gänzlich anzuhalten, sondern verringerte das Tempo nur auf etwa zehn Meilen.

Da sie sehen konnte, daß der Highway in beiden Richtungen frei war, gab sie Gas.

Der Motor stotterte einmal kurz, um dann ganz zu verstummen. Das Scheinwerferlicht wurde merklich trüber.

Lautstark fluchend trat sie ein paar Meter vor dem Highway voll auf die Bremse. Sie drehte den Schlüssel und berührte leicht das Gaspedal. Der Motor gab ein paar klägliche Laute von sich. Dann: Stille.

Also noch einmal.

Dieses Mal tat sich gar nichts. Der Motor gab nur ein ächzendes Geräusch von sich, das wie Asthmahusten klang.

Dann roch es nach Benzin.

Sie vergeudete keine Kraft mehr mit Fluchen. Sie trat das Gaspedal durch und drehte den Schlüssel.

Nach einigen Sekunden fing der Motor an zu spucken, rüttelte

und erwachte stotternd zum Leben. Während sie ununterbrochen das Gaspedal durchdrückte, fing der Motor an zu rasen und gab dabei ein schrilles, kreischendes Geräusch von sich.
Der Wagen machte einen Satz nach vorn und blieb dann stehen. Aus.
Wütend schüttelte sie den Kopf und schaltete die Scheinwerfer aus. Was ihr jetzt noch fehlte, als Krönung des Ganzen, wäre eine leere Batterie.
Sie zwang sich dazu, ihren Klammergriff um das Lenkrad zu lösen, legte die Hände locker in den Schoß und lehnte sich zurück. Wenn sie den Motor ein paar Minuten in Ruhe ließ, sprang er vielleicht wieder an. Wenn sie bloß bis in die Stadt kam!
Oder sollte sie lieber aussteigen und auf das erleuchtete Haus zugehen, das sie eine Viertelmeile weiter an der Straße sehen konnte? Es war kurz vor zehn, und in Hazleton ging man früh zu Bett, besonders in den ländlicheren Gegenden.
Im Rückspiegel tauchten zwei Scheinwerfer auf. Einer der Leuchten des »Plover-Clubs?« Vielleicht konnte der sie in die Stadt mitnehmen.
Sie wollte schon aus dem Wagen steigen, besann sich aber anders. Ein leises Unbehagen beschlich sie. Zum ersten Mal seit vielen Stunden fiel ihr wieder der Brief ein. Und Sandra Forster. Auf dunklen Landstraßen wirken derlei Dinge viel realistischer als in hellerleuchteten Wohnzimmern.
Hastig schaltete sie die Warnblinkanlage ein. Das Auto, noch ungefähr hundert Meter entfernt, schien langsamer zu fahren.
Val blieb im Wagen sitzen, kurbelte das Fenster allerdings nicht hoch. Während sie darauf wartete, daß der Wagen heranrollte, drückte sie jedoch den Knopf für die Türverriegelung herunter.
Der Wagen hielt aber nicht. Er verlangsamte nur kurz das Tempo, um dann an ihr vorbeizuschießen. Der Fahrer beachtete nicht einmal das Stopschild sondern bog sogleich auf den Highway ein und brauste in Richtung Hazleton davon. Val konnte nur erkennen, daß ein Mann am Steuer saß. Wer immer es auch sein mochte, auf jeden Fall hatte derjenige keine Lust zu helfen. Der Wagen, ein Sedan mittlerer Größe, war mindestens ebenso alt wie Vals Gremlin.
»Danke, mein Freund«, murmelte sie bissig, während sie den

rasch kleiner werdenden Rücklichtern nachsah, die um die nächste Kurve verschwanden.
Ungeduldig drehte sie den Zündschlüssel. Der Motor erwachte zwar jaulend zum Leben, doch sonst tat sich nichts.
Sie ließ die Warnblinkanlage eingeschaltet und stieg aus. Sie unterdrückte den Wunsch, gegen das Auto zu treten und schaute abermals auf das erleuchtete Haus.
So gut es ging, zwang Val sich dazu, den Brief zu vergessen und marschierte auf den Highway zu. Gerade hatte sie den Seitenstreifen erreicht – Kies und daneben ein flacher, unkrautgefüllter Graben – als wieder ein Wagen auftauchte, diesmal aus der Richtung, in der Hazleton lag.
Der Fahrer bremste ab, und der Wagen rollte neben ihr aus. Sie hoffte, es sei nicht derselbe, der vorhin an ihr vorbeigeflitzt war, merkte dann aber, daß es sich um ein anderes Auto handelte.
Dieser Wagen war kleiner und neuer, ein zweitüriges Modell, vermutlich rot, obwohl man die Farbe schlecht erkennen konnte.
Das Fenster neben dem Beifahrersitz glitt geräuschlos hinunter. Der Fahrer, der allein im Wagen saß, beugte sich vor.
»Schwierigkeiten mit dem Auto?« Eine etwas rauhe, aber trotzdem angenehme Stimme. Das Gesicht war ihr fremd.
»Kann man wohl sagen. Die Karre rührt sich nicht mehr von der Stelle.«
»Genug Benzin?«
»Der Tank ist halb voll. Nein, es muß etwas anderes sein.«
Der Mann schwieg einen Moment, so als überlege er. Dann schien er einen Entschluß zu fassen. »Ich werde mir die Sache mal anschauen. Vielleicht kriege ich ihn wieder in Gang. Und wenn nicht, dann fahre ich Sie irgendwohin, wo es ein Telefon gibt.«
Ohne auf ihre Antwort zu warten fuhr er an und setzte seinen Wagen direkt vor ihren. Als Val die beiden Autos erreichte, stieg er bereits mit einer kleinen Taschenlampe aus. Er war ziemlich jung, noch keine Dreißig, durchschnittlich groß, aber kräftig gebaut. Das wellige Haar streifte den Kragen seines leichten Jacketts.
»Machen Sie mal die Haube auf und probieren Sie, ob der Motor anspringt«, forderte er sie auf.

»Aber es ist doch nicht nötig . . .« Er winkte ab.
»Macht mir überhaupt keine Mühe, und vielleicht handelt es sich nur um eine Kleinigkeit.« Er schmunzelte. »Und falls eine größere Reparatur erforderlich sein sollte, bringen Sie den Wagen am besten in unsere Werkstatt. Kunden können wir immer gebrauchen.«
»Sie haben eine Werkstatt?«
»Ach ja, Entschuldigung. Ich hätte mich vorstellen sollen. Ich bin Earl Winters. Zusammen mit Bob Wayne betreibe ich eine kleine Autoreparaturwerkstatt an der Fünfzehnten Straße.«
»Ich hoffe natürlich, daß es kein größerer Schaden ist, aber ich hatte ohnehin vor, den Wagen zur Inspektion zu geben, bevor es richtig kalt wird.«
»Darauf sind wir spezialisiert. Jetzt setzen Sie sich mal rein und öffnen die Motorhaube, damit ich sehen kann, was passiert, wenn Sie starten.« Er setzte ein schiefes Grinsen auf. »Kostet nichts.«
Auf dem Higway brauste ein Auto vorbei, während Val sich hinter das Lenkrad setzte und die Verriegelung der Motorhaube löste. Winters hob sie an, beugte sich über den Motor und leuchtete mit der Taschenlampe hierhin und dorthin. Dann hob er die Hand. »Moment. Bin gleich wieder da.«
Er trat an seinen eigenen Wagen, zog das Jackett aus und warf es auf den Rücksitz. Das dunkle, kurzärmelige Wollhemd, das er trug, verriet, daß er keine Jacketts mit gepolsterten Schultern brauchte. Mit kräftigen, muskulösen Armen öffnete er den Kofferraum und holte Werkzeug heraus.
Nachdem er sich mehrere Minuten lang an dem defekten Motor zu schaffen gemacht hatte, richtete er sich plötzlich auf und trat an das halb heruntergekurbelte Fenster. »Versuchen Sie es jetzt mal.«
Sie drehte den Schlüssel. Sofort sprang der Motor an. Er klang fast wieder normal. Sie wandte sich an Winters. »Egal, was es war, Sie scheinen es geschafft zu haben.« Im Sprechen kurbelte sie das Fenster ganz herunter. »Heißen Dank.«
»Keine Ursache.« Er blickte auf seine Hände. »Haben Sie zufällig ein paar Kleenex-Tücher oder so was Ähnliches bei sich?«
»Na klar. Moment mal.« Aus dem Handschuhfach zog sie eine

Schachtel mit Papiertüchern. Sie reichte ihm ungefähr ein halbes Dutzend. »Da, bitte. Ich habe noch mehr, wenn Sie welche brauchen.«
Er säuberte sich die Hände. »Sie müssen den Wagen so bald wie möglich zur Inspektion geben. Sonst kriegen Sie ernsthaft Ärger mit Ihrem Vergaser.«
»Aber bis nach Hazleton komme ich doch noch?«
»Ohne weiteres.« Er knüllte die Tücher zusammen. »Die paar Meilen schaffen Sie auf jeden Fall.«
Sie streckte die Hand aus dem Fenster. »Geben Sie mir die Tücher. Ich habe einen Abfallbehälter im Auto.«
Nach kurzem Zögern gab er sie ihr. »Danke.«
»Ich habe zu danken. Ohne Sie würde ich jetzt den Highway entlangirren und ein Telefon suchen. Wie heißt Ihre Werkstatt? Demnächst bringe ich Ihnen das Auto.«
»W und W«, sagte er mit leicht verlegenem Grinsen. »Für Winters und Wayne oder umgekehrt. Originell, nicht?«
»Wenigstens nennen Sie Ihre Werkstatt nicht »Autoboutique«, gab sie lachend zurück. »Muß ich vorher mit Ihnen einen Termin ausmachen oder kann ich den Wagen einfach vorbeibringen?«
»Ich schieb' Sie einfach irgendwo rein. Wäre natürlich besser, wenn Sie ein, zwei Tage vorher anriefen.«
»Mach' ich. Prima. Und noch einmal vielen herzlichen Dank.« Er winkte ab. »Gern geschehen.« Zögernd schritt er auf sein Auto zu. Dann blieb er wieder stehen. Das schüchterne Lächeln verschwand und machte einem nachdenklichen Ausdruck Platz.
»Sie kommen mir irgendwie bekannt vor«, meinte er.
»Entschuldigen Sie, ich hätte mich schon längst vorstellen müssen. Ich heiße Val Hamilton.« Sie stellte den Motor ab und streckte die Hand aus dem Fenster. Winters nahm sie und drückte sie kurz.
Unvermittelt glätteten sich seine Züge, und er schnippte mit den Fingern. »Ich hab's! Die Bibliothek. Vor ein paar Monaten war Ihr Bild in der Zeitung. Ich wußte doch, daß ich Ihr Gesicht schon irgendwo gesehen hatte.«
»Vielleicht sind wir uns sogar schon in der Bibliothek begegnet. Gehen Sie oft dorthin?« Bloß keine Gelegenheit versäumen, ein Mitglied zu werben, dachte sie sich.

Er schüttelte den Kopf. »Nur ganz selten. Ich lese nicht viel. Aber wahrscheinlich haben Sie Sally schon gesehen. Meine Frau. Alle paar Wochen geht sie in die Bücherei. Aber stand da nicht noch etwas über Sie in der Zeitung? Sie haben sich mit Martin Forster verlobt, nicht wahr?«
Sie lachte kurz auf. »Ja, das stand in der Zeitung. Aber ich bin nicht mit ihm verlobt.«
»Aber in der Zeitung stand doch . . .«
»Ich weiß. Am nächsten Tag druckten sie einen Widerruf. Jemand hat sich einen Witz mit uns erlaubt.«
»Einen Witz?« Er furchte die Stirn. »Wer war das denn?«
»Keine Ahnung. Jemand, der sich Martin Forster nannte, rief die Zeitung an. Kennen Sie Martin übrigens?«
»Flüchtig. Wir gingen zusammen zur High-School, bis er aufs College abwanderte. Haben Sie denn nicht einen Verdacht, wer Ihnen diesen Streich gespielt haben könnte?«
»Keinen blassen Schimmer. Martin glaubt, es sei jemand mit einem Sinn für makabren Humor, doch wer das sein könnte, kann er sich auch nicht vorstellen. Kennen Sie vielleicht jemand in Hazleton, dem so etwas zuzutrauen wäre?«
Er schüttelte den Kopf. »Ich wünschte, ich könnte Ihnen weiterhelfen.«
»Oder jemand, der anderen Leuten Drohbriefe schickt?«
»Drohbriefe? Was für Drohbriefe?«
»Die gehören offenbar zu dem Witz.« Mit wenigen Sätzen schilderte sie ihm, wie sie den Brief an Muldoons Halsband gefunden hatte.
Winters beugte sich näher an das offene Fenster heran. Seine festen, schwieligen Hände packten den Rahmen. Er schnitt eine Grimasse.
»Sie haben doch die Polizei eingeschaltet, oder?« fragte er scharf.
Sie nickte. »Sheriff Lawrence weiß Bescheid.«
Er schnaubte durch die Nase. »Und was gedenkt er zu unternehmen? Oder will er alles auf sich beruhen lassen?«
»Er wird sich schon um die Sache kümmern, nehme ich an.«
»Hoffentlich. Er ist derjenige, der – hören Sie, Sie wissen doch, was mit Martins Frau passiert ist, nicht wahr? Oder hat sich keiner die Mühe gemacht, Ihnen das zu erzählen?« Es klang wütend,

aber er schien sich nicht über sie zu ärgern.
»Ich weiß, daß sie ermordet wurde, wenn Sie das meinen. Und daß sie einen ähnlichen Drohbrief erhielt wie ich.«
Er riß die Augen auf. Ihre scheinbare Gelassenheit, mit der sie diese Worte aussprach, überraschte ihn offensichtlich. »Das stimmt«, räumte er ein. »Und von dem Täter hat man nie auch nur die geringste Spur gefunden. Er läuft immer noch frei herum.« Er unterbrach sich und schloß sekundenlang die Augen.
»Sehen Sie«, fuhr er fort, indem er sie ernst anblickte, »ich will Ihnen keine Angst einjagen – nein, das stimmt ja gar nicht, ich will Ihnen wohl Angst machen«, verbesserte er sich. »Sie sollten sich demnächst in acht nehmen. Der, der Ihnen diesen Streich gespielt hat, muß ja nicht unbedingt Mrs. Forsters Mörder sein. Aber irgendwo ist bei ihm eine Schraube locker. Ich stelle ihn mir als perversen Typ vor, der sich daran ergötzt, anderen Leuten einen Schrecken einzujagen. Und Ihre Katze . . .«
Er hielt inne und drehte sich jäh um. Vom Highway her hörte man das Geräusch quietschender Reifen. Ein Wagen schleuderte fast in die Kurve und bremste scharf. Unmittelbar vor der hinteren Stoßstange von Winters' Wagen kam er zum Stehen. Die Tür neben dem Fahrersitz wurde aufgerissen, und eine hohe Gestalt sprang heraus.
Als der Mann auf sie zulief, erkannte Val Martin. Bevor sie auch nur den Mund aufmachen konnte, hatte Martin Winters beim Arm gepackt und versuchte, ihn fortzuzerren. Winters, zwar kleiner, dafür aber stämmiger und stärker, riß sich los und hob abwehrend die Hände.
Val kletterte aus dem Auto und schrie: »Martin! Hör damit auf! Was fällt dir denn ein?«
Er ließ so jählings von Winters ab, als hätte er einen Schlag über den Kopf bekommen. Sein dunkles, schmales Gesicht war zu einer Grimasse verzerrt. Doch seine Spannung löste sich und machte einer tiefen Verwirrung Platz, als sein Blick auf Val fiel.
Sie knallte die Wagentür zu und ging zu den beiden Männern.
»Geht's dir gut?« Aus Martins Stimme klang Überraschung.
»Natürlich geht es mir gut«, gab sie gereizt zurück, »jetzt, wo Mr. Winters mir aus dem Schlamassel geholfen hat.«
»Er hat dir geholfen? Er blockiert doch die Straße, damit du

nicht . . .«
»Er blockiert überhaupt nichts«, fauchte sie ihn an. »Mein Auto streikte, und er hat es gerade repariert.«
»Was hatte er denn hier draußen zu suchen?«
»Menschenskind, Martin! Woher soll ich . . . Sag mir lieber, wie du hierherkommst.«
Er ignorierte die Frage. »Weißt du denn nicht, wer dieser Mann ist?«
»Das ist Earl Winters, mein Lieber! Und gerade hat er mir tatkräftig aus der Patsche geholfen! Wenn du jetzt bitte die Güte hättest . . .«
»Man hat ihn verdächtigt, Sandra ermordet zu haben!« platzte Martin heraus.
Ein beklemmendes Gefühl machte sich in ihrer Magengrube breit. Doch sie schüttelte es ab. »Dich aber auch«, schoß sie zurück. »Und Dan Richards und ein Dutzend andere.«
»Ich weiß, aber . . .«
»Du konntest deine Unschuld beweisen. Offensichtlich konnte Mr. Winters das auch. Und falls es dich interessiert, er hat mich genauso gewarnt wie du auch.« Sie trat an das Auto zurück und legte die Hand auf den Griff. »Ich fahre jetzt, wenn du nichts dagegen hast. Für heute abend reicht es mir!«
Als sie die Tür öffnen wollte, ergriff Martin ihren Arm. Durch den Stoff ihrer Jacke und Bluse hindurch spürte sie schmerzhaft seine Finger. Seine Augen, nur wenige Zentimeter von ihrem Gesicht entfernt, waren weit aufgerissen. Seine Nasenflügel bebten wie bei einem Wild, das Witterung aufnimmt.
»Martin! Laß mich los!«
»Woher hast du . . .« setzte er an. Doch Winters ließ ihn nicht ausreden.
»Du hast doch gehört, Forster! Laß sie los!«
Martins Lippen bewegten sich stumm weiter. Widerstrebend löste er seinen Griff. Er schluckte hörbar, während er zurücktrat. Sie sah, daß Winters Martins anderen Arm festhielt. Besorgt blickte er sie an. »Alles klar, Miss Hamilton?«
Vor Erleichterung atmete sie tief aus. Erst jetzt fiel ihr auf, daß sie den Atem angehalten hatte. »Alles klar.« Sie massierte ihren Arm, während sie Martin stirnrunzelnd anschaute.

»Martin, was ist mit dir los? Was hast du?«
Er schüttelte den Kopf. »Es ist nichts«, sagte er kurzangebunden. »Überhaupt nichts.« Er warf Winters einen Blick zu, der daraufhin seinen Arm losließ. Er schaute zu Val zurück. »Du fährst jetzt am besten nach Hause. Ich kann mir vorstellen, daß du für heute die Nase voll hast.«
»Aber Martin . . .« setzte sie von neuem an. Sie verstummte, als sie seinen Gesichtsausdruck bemerkte. Er wirkte genauso verstört und erschreckt wie an jenem Abend, an dem sie gemeinsam den Brief an Muldoons Halsband gefunden hatten. Und den gleichen Eindruck hatte er auf sie gemacht, als er ihr klarzumachen versucht hatte, wie sehr sie Sandra ähnlich sehe.
Mit einem unbehaglichen Gefühl stieg Val in ihr Auto. Der Motor sprang sofort an. Sie nickte Winters zu, der hinter Martin stand, lenkte den Wagen rasch an den beiden anderen Autos vorbei und bog auf den Highway ab.
Sie bemühte sich, den ganzen Vorfall zu vergessen – oder sich wenigstens keine Sorgen zu machen – doch es wollte ihr nicht gelingen. Am meisten Kopfzerbrechen bereitete ihr die Frage, warum Martin so unverhofft aufgetaucht war. Es war schon ein sehr merkwürdiger Zufall, daß er ausgerechnet zu diesem Zeitpunkt an dieser Stelle vorbeigekommen war.
Zu Hause gab sie Muldoon sein Abendessen. Sie selbst versuchte, sich bei einem Butterbrot vor dem Fernseher zu entspannen. Gerade hatte sie sich hingesetzt, da klingelte das Telefon.
»Hallo?«
»Valerie?«
»Ja. Wer spricht da? Martin – bist du das?«
»Ja. Leg bitte nicht auf. Es ist sehr wichtig.«
»Ich wollte nicht auflegen. Im Gegenteil. Ich wollte dich fragen, was heute abend mit dir los war. Wie kam das eigentlich, daß du so plötzlich aufgetaucht bist?«
»Ich – ich hatte mir Sorgen gemacht. Ich rief bei dir zu Hause an, aber niemand meldete sich. Bei *Arlen* sagte man mir, du seiest schon längst fort.«
»Du hast mich gesucht?«
»Ja«, versetzte er scharf. Und etwas ruhiger: »Tut mir leid, wenn du dich aufgeregt hast. Aber ich konnte einfach nicht anders. Bis

diese Sache nicht geklärt ist – so oder so –« Mitten im Satz stockte er. Ein sicheres Zeichen für seine nervöse Erregung.
Er setzte von neuem an. »Ich wollte mich noch bei dir nach dem Parfüm erkundigen, das du heute abend benutzt hast.«
»Parfüm? Wie kommst du denn darauf? Was war denn mit meinem Parfüm?«
»Wie heißt das Parfüm?«
»Keine Ahnung. Irgendeine Hausmarke von Avon.«
»Bist du auch ganz sicher, daß das Parfüm von Avon ist?«
Sie zog die Brauen hoch und starrte auf das Telefon. Dann erinnerte sie sich daran, unter welcher seelischen Anspannung Martin stehen mußte und gab nach. »Also gut, ich sehe mal eben nach. Bleib am Apparat.«
Im Schlafzimmer fand sie ohne Schwierigkeiten das Parfüm.
Sie nahm das Fläschchen, ging zurück ins Wohnzimmer und nahm den Hörer wieder auf.
»Bin schon wieder da. Das Parfüm stammt von Avon, hat aber sonst keinen Namen. Das Fläschchen sieht aus wie die Nachbildung eines antiken Öllämpchens. Kannst du mir jetzt bitte verraten, was das alles zu bedeuten hat?«
»Bist du auch ganz sicher, daß das die richtige Flasche ist? Wäre es nicht möglich, daß du dich vertan hast?«
»Ich bin mir ganz sicher«, versetzte sie giftig. Sein quengelnder Tonfall reizte sie. »Was soll denn der ganze Unsinn? Was kann an meinem Parfüm denn schon Besonderes sein?«
»Ist dir an dem Geruch nicht etwas merkwürdig vorgekommen?«
»Merkwürdig? Am Geruch? Was zum Teufel . . .«
»Ich meine, roch es heute abend genauso wie das letzte Mal, als du es benutztest?«
Stirnrunzelnd entsann sie sich, daß ihr tatsächlich der ungewöhnliche Fliederduft aufgefallen war. »Der Duft kam mir schon etwas verändert vor«, bekannte sie zögernd. »Aber ich benutze es so selten, daß das nicht unbedingt etwas zu bedeuten hat. Im übrigen ist das Parfüm schon drei oder vier Jahre alt und war ziemlich billig. Im Laufe der Zeit kann sich die Duftnote verändern. Komm jetzt, Martin, was soll diese Fragerei? Warum ist mein Parfüm plötzlich so wichtig?«
Sie bildete sich ein, ihn krampfhaft schlucken zu hören, ehe er

antwortete. »Es hat nichts zu bedeuten – das heißt, ich hoffe es. Ich – ich könnte mich auch irren, aber als ich heute abend an deinen Wagen trat und das Parfüm roch, da war ich mit einemmal ganz sicher, den Geruch wiederzuerkennen. Ganz sicher . . .« Seine Stimme erstarb.

»Ja?« bohrte sie hartnäckig weiter. »Du warst dir also ganz sicher, du hättest den Duft wiedererkannt. Aber woran erinnerte er dich?«

Blitzartig, noch in dem kurzen Zögern, das er brauchte, um zum Sprechen anzusetzen, schoß ihr durch den Sinn, daß sie seine Antwort bereits kannte.

Sie hatte recht.

»Das Parfüm«, sagte er bedächtig, »roch genauso wie das, das ich Sandra während unserer Flitterwochen kaufte.«

## 5

Keine Minute lang zog Val die Möglichkeit, die Martin vorgeschlagen hatte, ernsthaft in Betracht, daß nämlich der »Witzbold« für das Auswechseln des Parfüms verantwortlich war. Unter anderem hätte das bedeutet, daß er in ihr Haus eingedrungen sein mußte, und daran wollte sie gar nicht erst denken. Dennoch, als sie den Hörer auf die Gabel legte und an das Wohnzimmerfenster trat und hinausblickte, schien es ihr, als sei das Licht der Straßenlaterne trüber als sonst und die Schatten tiefer.

Selbst wenn es stimmte, wäre das doch nur ein weiterer Beweis dafür, daß der »Streich« Martin galt und nicht ihr. Sie verband mit dem Parfüm keine Erinnerung, und außer Martin Forster gab es in ganz Hazleton vermutlich keine Menschenseele, der dieser Duft etwas bedeutet hätte.

O nein, versuchte sie sich einzureden, nicht um sich brauchte sie sich Sorgen zu machen, sondern um Martin Forster. Heute abend hatte er sich äußerst merkwürdig benommen. Es paßte so ganz und gar nicht zu seinem Wesen. Er schien sich einzubilden, sie – Val – sei in Gefahr.

Aber machte sie sich jetzt selbst nicht etwas vor? Versuchte sie nicht, mit derlei Überlegungen ihre Angst zu verdrängen? Den geheimnisvollen Drohbrief konnte sie keinesfalls als Spinnerei abtun. Muldoon hatte ihn an seinem Halsband nach Hause getragen.

Und Sandra Forster war ermordet worden.

Sie wandte sich vom Fenster ab und griff kurzentschlossen zum Telefon. Eine halbe Minute später hatte sie Dan Richards an der Strippe und schickte sich an, ihm ihr Herz auszuschütten.

Er unterbrach sie mitten im Satz. »In fünf Minuten bin ich bei dir. Ich muß mir nur noch die Schuhe anziehen.«

»Das ist doch nicht nötig . . .« wehrte sie ab. Er ließ sie gar nicht zu Wort kommen.

»Kann schon sein, aber ich komme trotzdem. Bis gleich.« Es knackte in der Leitung.

Halblaut Verwünschungen ausstoßend, knallte sie den Hörer auf die Gabel. Plötzlich mußte sie lächeln. Warum eigentlich nicht? Nach diesem Abend war Dans Gesellschaft gerade das richtige.

Sie hatte sich nicht geirrt. Während der einen Stunde, die Dan bei ihr blieb, kamen sie zu keinem Schluß, den sie nicht vorher schon selbst durchdacht hatte. Aber es tat ihr gut, sich in aller Offenheit mit jemand aussprechen zu können.

»Ehrlich gesagt«, meinte Dan an einem Punkt der Unterredung, »ich glaube, daß Martys Schuldkomplex sich wieder rührt. Er hat weiß Gott alles für Sandra getan, aber er quält sich immer noch mit Selbstvorwürfen, er hätte besser auf sie aufpassen müssen. Irgendwie kann ich das verstehen. Aber nach fünf Jahren?« Er schüttelte den Kopf. »Jedenfalls ist ihm dieser makabre Streich ganz schön in die Knochen gefahren. Die ganze alte Geschichte wird wieder aufgerührt, und er will wohl absolut sicher gehen, daß dir nicht das gleiche zustößt wie Sandra. Nicht, daß ich diesen albernen Streich ernst nehmen würde, aber jemand wie Marty, der von einem Schuldkomplex belastet wird . . .« Er zuckte die Schultern.

Val fragte ihn nach Earl Winters aus.

»Ernsthaft hat ihn niemand verdächtigt«, erzählte Dan. »Jedenfalls war er nicht schwerer belastet als ich zum Beispiel, höchstens weniger. Soweit ich mich erinnere, heiratete er um diese Zeit gerade, es muß ein paar Tage vor oder nach ihrer Ermordung gewesen

sein. Allem Anschein nach führt er eine harmonische, wenn nicht sogar glückliche Ehe. Und jedem, der nur einigermaßen interessiert ist, hält er andauernd Fotos von seinen beiden Kindern unter die Nase. Hat er dir nicht auch Bilder gezeigt, als er an deinem Wagen rumfummelte?«
»Im Dunkeln? Ich war ihm doch vollkommen fremd.«
»Trotzdem, überrascht hätte es mich nicht. Aber wenn du ihm dein Auto zur Inspektion bringst, mußt du dir die Fotos mit Sicherheit ansehen. Andere Männer hängen sich Fotos von nackten Frauen über die Werkbank, er Bilder von seinen Kindern.«
»Ist seine Werkstatt zu empfehlen?«
»Sie ist nicht besser und nicht schlechter als die anderen auch. Ich hatte meinen Wagen auch mal da, und mit der Arbeit war ich zufrieden.«
Das Gespräch drehte sich wieder um Sandra. »Unerklärliche charakterliche Veränderungen aus heiterem Himmel sind nicht gerade mein Fall. Da bin ich immer etwas mißtrauisch.«
Sie überlegten, ob Martin Feinde haben könne. »Ein Anwalt kann sich jederzeit Feinde schaffen. Die Gegenseite, wenn er einen Prozeß gewinnt, den eigenen Mandanten, wenn er verliert.«
Mitternacht war längst vorbei, als Dan einen Blick auf seine Uhr warf und aufstand.
»Vorläufig fällt uns zu diesem Thema bestimmt nichts mehr ein.« Er zog Val auf die Füße. »Ich schlage vor, wir vertagen unsere Sitzung.«
»Wie du meinst.« Sie blickte zu ihm empor. Plötzlich gefiel es ihr nicht, daß er ging. »Und mit Samstag abend bleibt alles klar?«
Seine Augenbrauen, genauso blond wie sein Haar, fuhren in die Höhe. »Was denn sonst? Um fünf hole ich dich ab, die Show beginnt um halb neun. Einverstanden?« Sie wollten nach South Bend fahren, dort zu Abend essen und danach Theodore Bikel hören, der an diesem Abend in einem der Theater auftrat.
»Einverstanden.«
Er neigte den Kopf, nahm ihr Gesicht in beide Hände und küßte sie.
»Es wird sich schon alles wieder einrenken«, flüsterte er, während seine Lippen noch die ihren berührten.
»Ich weiß.«

Er richtete sich wieder auf. Seine Hände streichelten über ihren Hals, ihre Arme und schlossen sich um ihre Hände. »Morgen früh knöpfe ich mir Marty mal vor. Wollen doch mal sehen, ob er uns etwas verschweigt.«
Sie begleitete ihn nicht zur Tür, sondern stellte sich an das Fenster und sah ihm nach, wie er auf dem schmalen Plattenweg zur Straße ging. Er drehte sich um, winkte ihr zu und überquerte die Fahrbahn. Sein Checker stand da wie eine große rote Kiste auf Rädern. Aus der Hosentasche fischte er den Schlüssel und stand im Begriff, die Tür aufzuschließen, als er plötzlich mitten in der Bewegung stockte.
Einen Augenblick lang sah es aus, als wolle er wieder vom Wagen fortgehen, doch dann steckte er den Schlüssel ins Schloß, öffnete die Tür und stieg ein. Er ließ den Motor an, und der Checker schnurrte davon.
Fünf Minuten später, Val drückte gerade Zahnpasta aus der Tube, läutete es an der Tür. Sie knöpfte notdürftig die Bluse zu und stürzte ans Wohnzimmerfenster, von wo aus sie die kleine Treppe zur Tür überblicken konnte. Vorsichtig spähte sie durch einen Spalt in den Vorhängen.
Entgeistert erkannte sie Dan, der einen anderen Mann fest im Griff hielt. Er war schon älter, dicklich, mit beginnender Glatze und trug einen zerknitterten Anzug. Was um Himmels willen war jetzt los?
Mit fliegenden Händen knöpfte sie die Bluse zu und stopfte sie in den Rockbund. Die Tür öffnete sie nur einen Spaltbreit. Bevor sie etwas sagen konnte, überfiel Dan sie mit der Frage: »Kennst du diesen Mann, Val?«
Verblüfft starrte sie auf den Mann, ehe ihr einfiel, die Außenbeleuchtung anzuknipsen. Dann schüttelte sie den Kopf. »Ich glaube nicht. Wer ist er denn?«
»Das will ich ja gerade feststellen.« Er musterte den Mann mit finsteren Blicken. Der schwieg und rührte sich nicht, so als ginge ihn das alles nichts an.
Dan trat ein paar Schritte zurück, wobei er den Mann mit sich zog. »Der Wagen da hinten gehört ihm.« Er streckte den Arm aus. »Hast du den schon mal gesehen?«
Geschickt Muldoon den Weg versperrend, der den Lärm gehört

hatte und nach draußen schlüpfen wollte, trat sie hinaus auf den Treppenabsatz und zog die Tür hinter sich zu. Dan deutete auf einen dunklen Sedan. Das Nummernschild war verschmutzt und im trüben Licht der Straßenlaterne teilweise nicht zu entziffern. Sie wollte schon den Kopf schütteln, als ihr plötzlich ein Gedanke kam. Sie stutzte und richtete den Blick auf den Mann, der den Kopf gesenkt hielt, um nicht erkannt zu werden.

Ein kalter Schauer lief ihr den Rücken hinunter.

»Ich möchte es nicht beschwören«, entgegnete sie langsam, »aber das könnte der Wagen sein, der heute abend an mir vorbeifuhr, als ich festsaß.«

Dan nickte. »Interessant. Und jetzt parkt er dort drüben und beobachtet dein Haus. Schon eine ganze Weile. Ich sah den Wagen nämlich, als ich zu dir kam, und als ich heimfahren wollte, stand er immer noch da.«

Eine kalte Hand griff nach ihrem Herzen, als ihr die unmöglichsten Gedanken durch den Kopf schossen. War es etwa kein Zufall, daß ihr Wagen gestreikt hatte? Hatte dieser Mann vor ihrem Haus auf der Lauer gelegen und nur darauf gewartet, daß Dan fortfuhr?

»Ruf den Sheriff an, Val«, befahl Dan. Sie sah, daß er seinen Griff um den Arm des Mannes festigte.

Bis dahin hatte der Mann sich passiv verhalten, doch jetzt kam Leben in ihn. »Halt, warten Sie!«

»Worauf sollen wir warten?« versetzte Dan.

»Hören Sie, Miss, Sie sind doch Valerie Hamilton, nicht wahr?«

»Ja. Aber wer sind Sie?«

»Ich heiße Carl Jacobs. Sagen Sie, können wir nicht ins Haus gehen?«

»Verraten Sie uns lieber, warum Sie dieses Haus beobachtet haben«, forderte Dan ihn auf.

Jacobs seufzte und schüttelte den fast kahlen Kopf. »Na schön. Gut, ich sag's Ihnen. Von mir aus können wir auch die ganze Nacht auf dieser Treppe stehenbleiben. Holen Sie bloß nicht die Polizei. Das ist das Letzte, was ich will. Scherereien mit den hiesigen Behörden haben mir gerade noch gefehlt. Ich bin nämlich Privatdetektiv, aus Indianapolis. Mein Ausweis befindet sich in meiner Brieftasche. Wenn Sie jetzt bitte meinen Arm loslassen wür-

den . . .«
»Wo steckt Ihre Brieftasche. In der Gesäßtasche?«
»Ja.« Der Mann seufzte von neuem, diesmal nicht ohne eine Spur von Belustigung. »Wollen Sie sie selbst rausholen? Meinetwegen, bedienen Sie sich. Mein einziges Schießeisen befindet sich übrigens im Handschuhfach meines Wagens, nur zu Ihrer Information.«
Dan faßte unter das zerknitterte Jackett und zog die Brieftasche hervor. Sie sah genauso mitgenommen aus wie Jacobs. Er warf sie Val zu, die gerade noch die Geistesgegenwart besaß, sie aufzufangen.
»In der Plastikhülle«, ließ sich Jacobs vernehmen. »Neben dem Führerschein.«
Sie fand den Ausweis, zusammen mit verschiedenen Scheckkarten, dem Mitgliedsausweis einer Bibliothek und einem verblaßten Foto von einer jugendlich aussehenden Frau und zwei Buben im Alter von ungefähr zehn und zwölf Jahren. Gleich hinter dem Führerschein steckte eine Karte, die in einer Ecke Jacobs' Namen trug und darunter den Aufdruck: »Detektei Hoosier. Ermittlungen, Beobachtungen, bewaffneter Personen- und Objektschutz.«
Sie reichte Dan die Brieftasche. Der hielt sie so, daß das Licht darauffiel und las.
»Also gut, Mr. Jacobs. Ich nehme an, dies hier fällt unter die Rubrik Beobachtungen‹. Wer hat Sie beauftragt? Und warum?«
Abermals ein tiefer Seufzer. »Und wenn Ihnen meine Antwort nicht paßt, dann holen Sie Ihren Freund, den Sheriff?«
»Genau.«
Mit der freien Hand strich sich Jacobs über die kahle Stirn und die spärlichen Haarsträhnen. »Das bringt mich in eine sehr peinliche Situation, wissen Sie das?«
»Ich weiß es, aber es ist mir egal.«
Er stieß einen grunzenden Laut aus. »Eben, das dachte ich mir. Darf ich dann wenigstens den Burschen anrufen, der mich angeheuert hat?«
»Erst, wenn Sie uns sagen, wer er ist.«
Jacobs warf einen langen Blick auf Dan, so als wolle er seine Kräfte einschätzen. Dan hielt den Arm um so fester gepackt.
»Na schön. In Anbetracht dessen, aus welchem Grund ich die

junge Dame beobachte, kann ich den Namen wohl nennen. Mein Auftraggeber heißt Martin Forster. Darf ich jetzt mit ihm telefonieren?«
»Martin Forster?« Wie auf Kommando wiederholten Dan und Val den Namen.
»Sind Sie auch ganz sicher?« vergewisserte sich Val. »Haben Sie Mr. Forster persönlich gesehen?«
Jacobs machte ein pikiertes Gesicht. »Selbstverständlich.«
Dan richtete einen nachdenklichen Blick auf den Mann. »Gut!« sagte er abrupt. »Gehen wir ins Haus! Val, ruf Marty an und sag ihm, er soll sofort herkommen. Sag aber nicht, warum. Mach nicht mal eine Andeutung.«
Jacobs verdrehte die Augen gen Himmel, enthielt sich aber jeden Kommentars.

## 6

Martins dunkelgrauer Cadillac hielt vor Vals Haus. Martin, in Hemdsärmeln und ohne Krawatte, stieg aus dem Wagen, kaum daß er zum Stehen gekommen war. Als er um das Auto herumlief, stockte er einen Moment lang, als er Jacobs' Sedan auf der gegenüberliegenden Straßenseite erblickte. Dann stürmte er quer über den Rasen auf die Haustür zu.
Anstatt zu läuten, hämmerte er wild gegen die Tür. Wie ein Besessener rappelte er am Türknopf, als Val öffnete. Bei ihrem Anblick blinzelte er. Sein Atem ging stoßweise, sein Gesicht war gerötet.
»Val! Fehlt dir nichts? Was ist passiert?«
»Das weiß ich noch nicht«, gab sie trocken zurück. »Komm rein, Martin. Ich habe einen Gast hier, den ich dir gern mal vorstellen möchte.«
»Wer . . .« Martin klappte den Mund wieder zu. Seine Züge erstarrten, als Dan Jacobs in sein Blickfeld schob.
An die Stelle seiner Verblüffung trat Ärger. »Jacobs! Darf ich fragen, was Sie hier zu suchen haben?«
»Dieser junge Mann hier hat mich erwischt«, antwortete er mit

flacher Stimme. »Tut mir leid, aber es ist nun mal passiert. Wenigstens können Sie nicht sagen, ich hätte Sie nicht gewarnt.«
»Das ist also der Mann, der Sie beauftragte?« vergewisserte sich Dan.
»Klar. Martin Forster, stimmt's?«
Val bugsierte Martin weiter in den Flur hinein, damit sie die Tür schließen konnte. Muldoon, den die ungewohnte Betriebsamkeit im Haus nicht weiter störte, streckte sich hoffnungsvoll auf einem Ende der Couch aus.
»Das ist ja toll«, äußerte sie. »Würde sich jetzt bitte jemand dazu herablassen mir zu erklären, was das ganze Theater eigentlich soll? Martin?«
Als Martin beharrlich schwieg, rückte sie dichter an ihn heran. »Nun? Was ist? Zuerst hätte ich gern gewußt, ob dieser Typ mir heute abend vor dem Restaurant aufgelauert hat. Warst du deshalb so plötzlich bei meinem Wagen, wie vom Himmel gefallen?«
Jacobs gab einen seufzenden Ton von sich. »Sagen Sie es ihr ruhig, Forster. So wie es jetzt aussieht, glaubt sie, ich hätte mich an ihrem Auto zu schaffen gemacht.«
»Was?« Martin kniff die Augen zusammen. »Hat jemand an deinem Auto herumgefummelt? Blieb der Wagen deshalb stehen?«
»Nur dein Freund hier käme für so etwas in Frage. Los, Martin! Heraus mit der Sprache. Was hat das alles zu bedeuten?«
Widerstrebend, schwankend zwischen Verlegenheit und Trotz, ließ sich Martin zu einer Erklärung herab. Das Motiv war einleuchtend genug. Martin, in Sorge, der Unbekannte könne noch weiter gehen, hatte sich mit Jacobs' Detektei in Verbindung gesetzt und einen Mann zu Vals Schutz abstellen lassen. Da die zu beschützende Person nichts von ihrer Bewachung wissen sollte, hatte es von Anfang an Probleme gegeben. Jacobs schien froh zu sein, daß die leidige Affäre endlich zu Ende war.
»Sagte ich Ihnen nicht gleich, daß es unmöglich ist, jemanden zu beschützen, wenn die Sache behandelt wird wie ein Staatsgeheimnis?« trumpfte er auf.
»Das hätte ich dir auch sagen können, Martin«, schlug Val in die gleiche Kerbe. Dann wurde ihre Stimme weicher. »Sieh mal, ich finde es sehr umsichtig von dir, aber wenn du schon einen Privatdetektiv in Anspruch nimmst, dann laß ihn doch lieber herausfin-

den, wer dir diese blöden Streiche spielt.«
»Das war eigentlich Bestandteil meines Plans«, setzte sich Martin zur Wehr. »Ich dachte mir, wenn er dieses Haus bewacht, könnte er . . .« Er unterbrach sich.
»Was?« hakte sie ein. »Meintest du, er könnte vielleicht feststellen, ob nachts jemand um mein Haus herumschleicht?«
Martin nickte.
»In dieser Richtung ist mir nichts aufgefallen«, mischte Jacobs sich ein. »Und falls Miss Hamilton nicht ausdrücklich wünscht, weiterhin beschützt zu werden, sehe ich nicht ein, warum ich diesen Auftrag weiter fortsetzen sollte.«
»Was soll das heißen?« brauste Martin auf. »Ich sagte Ihnen doch, worin Ihre Aufgabe besteht. Wenn Sie mit Ihrem Job nicht fertig werden . . .«
»Ich weiß selbst, was Sie mir sagten. Und jetzt sage ich Ihnen, daß es so nicht geht. Andererseits, wenn Sie Informationen darüber wünschen, mit wem die junge Dame verkehrt, dann hätten Sie Ihren Auftrag anders formulieren müssen.« Er warf einen vielsagenden Blick auf Dan.
Martin riß die Augen auf, als er merkte, worauf Jacobs anspielte.
»So war das nicht gemeint«, protestierte er verärgert.
»Warum sollte Miss Hamilton dann nichts davon wissen?«
»Weil er annahm, daß ich nie damit einverstanden gewesen wäre«, warf sie ein.
Jacobs wandte sich an Val. »Sie wollen also keinen Schutz?«
»Ich brauche keinen. Vielen Dank.«
Jacobs zuckte mit den Schultern. »Dann darf ich den Auftrag wohl als erledigt betrachten. Morgen schicke ich Ihnen die Rechnung, Mr. Forster.«
»Aber Sie können mich doch nicht einfach so sitzenlassen!«
»Was bleibt mir denn anderes übrig? Miss Hamilton braucht nur die Polizei zu rufen, dann sitze ich schön in der Tinte.«
»Ich erkläre der Polizei, wer Sie sind, und daß Sie für mich arbeiten.«
Jacobs schüttelte den Kopf. »Tut mir leid. Wenn Miss Hamilton keinen Schutz will, dann kann ich auch nichts mehr machen. Ärger mit der Polizei, das hätte mir gerade noch gefehlt. Seine Lizenz verliert man nämlich sehr leicht, müssen Sie wissen.«

Martin holte tief Luft, wie um zu einem neuen Protest anzusetzen. Doch dann schien er plötzlich in sich zusammenzusacken. »Ist gut, Mr. Jacobs. Schicken Sie mir die Rechnung.«
Jacobs blickte von Dan zu Val. »Entschuldigen Sie, wenn ich Sie belästigt oder erschreckt haben sollte.« Aus der Brusttasche seines Jacketts zog er eine Karte und reichte sie ihr. »Falls Sie aus irgend einem Grund doch Ihre Meinung ändern sollten . . .«
Val nahm die Karte, warf einen flüchtigen Blick darauf und legte sie auf einem Tischchen ab. Jacobs nickte Martin kurz zu und ging. In die Stille hinein klang das Öffnen und Schließen der Haustür unnatürlich laut. Seine Schritte hallten auf dem Plattenweg.
»Ich glaube«, meinte Dan, indem er Martin beim Arm nahm, »wir gehen jetzt besser auch. Wir können alle ein bißchen Ruhe brauchen.«
Er bugsierte ihn durch die Diele. Vor der Tür blieb Martin noch einmal stehen und drehte sich um.
»Nein!« Seine Stimme klang schärfer als üblich. Er wandte sich an Val. »Da gibt es noch etwas, das du wissen mußt. Besonders jetzt.«
»Komm, Marty«, drängte Dan. »Weißt du eigentlich, wie spät es ist? Morgen setzen wir uns in aller Ruhe zusammen und sprechen darüber.«
Martin gab nicht nach. Er schüttelte den Kopf. »Nein, wir sprechen gleich darüber. Nach dem Vorfall mit dem Parfüm darf ich nicht länger schweigen.«
Dan zog die Stirn kraus. »Val hat mir das mit dem Parfüm erzählt, Marty. Offenbar hat sich der Geruch verändert, aber das hat doch weiter nichts zu bedeuten. Bei billigen Parfüms passiert das schon mal.«
Verbissen wehrte Marty sich dagegen, von Dan zur Tür hinausgedrängt zu werden. »Der Geruch hat sich nicht von selbst verändert. Begreifst du denn nicht? Es war genau das gleiche Parfüm, das ich Sandra zwei Tage nach unserer Hochzeit schenkte. Herrgott noch mal! Glaubst du etwa, ich könnte das je vergessen?«
»Ehrlich gesagt, ja!« Dan ließ Martin los und hob beschwörend die Hände. »Sei doch mal vernünftig, Marty. Das liegt mittlerweile fünf Jahre zurück. Und so leicht sind Parfüms nicht voneinan-

der zu unterscheiden. Ich zum Beispiel kann *Haremsnächte* nicht von *Chanel Nummer dreiundachtzig* unterscheiden, oder was zum Kuckuck das für eine Zahl ist. Und ich bezweifle, ob ein Mann überhaupt dazu in der Lage ist.«
»Du glaubst also, ich bilde mir alles nur ein. Das denkst du doch, oder? Gib's ruhig zu. Ich mache dir ja keinen Vorwurf, aber . . .«
»Das habe ich nicht gesagt. Es stimmt schon, daß das Parfüm sich verändert hat. Val hat es ja auch bemerkt. Aber das ist auch schon alles. Eine Veränderung der Duftnote, mehr nicht.«
Martin schüttelte verbissen den Kopf.
»Na schön.« Dan sprach so geduldig, wie er überhaupt nur konnte. »Wie lautet denn deine Theorie? Willst du etwa behaupten, dein Witzbold wäre in dieses Haus eingedrungen? Eingebrochen? Und hat das Parfüm in der Flasche gegen ein anderes vertauscht? Glaubst du das?«
»Wie es sich in allen Einzelheiten abgespielt haben könnte, weiß ich natürlich nicht«, gab Martin zu. »Ich weiß nur, daß es so gewesen sein muß. Schließlich ist es ja nicht der erste Vorfall dieser Art.« Die letzten Worte kamen stoßweise hervor.
»Meinst du die Verlobungsanzeige und den Brief?« fragte Dan. »Das wissen wir . . .«
»Das meine ich nicht!«
»Was dann? Sonst ist doch nichts passiert.«
»Du meinst wohl, es ist nichts passiert, wovon du wüßtest«, gab Martin zurück.
»Was war denn noch, Martin?« Vals Stimme klang ruhig, aber sie hatte Angst. »Was hast du uns bis jetzt vorenthalten?«
Er zauderte. »Ich spreche nicht gern darüber. Es könnte ja immerhin sein, daß ich mir alles nur einbilde.«
»Wovon sprichst du, um Gottes willen?« fuhr Dan ihn gereizt an. Val legte beschwichtigend eine Hand auf seinen Arm.
Martin schluckte mühsam. »In den letzten Wochen ist es mindestens ein halbes Dutzend mal mal passiert. Mitten in der Nacht wache ich auf – so gegen zwei, drei Uhr morgens – und rieche das Parfüm. Sandras Parfüm! Der Geruch hängt in der Luft.«
Dan schnaubte. »Du träumst, Martin. Das sind Alpträume. Stell dich nicht so an!«
Martin stieß ein freudloses Lachen aus. »Glaub mir, ich weiß, daß

es sich verrückt anhört. Meinst du, das hätte ich mir nicht schon selbst gesagt? Hundertmal! Deshalb schwieg ich ja bis jetzt darüber. Deshalb mache ich mir wahnsinnige Sorgen und heuerte zu Vals Schutz einen Privatdetektiv an.« Sein Blick heftete sich auf Val. Seine Züge verhärteten sich.

»Aber das ist noch nicht alles«, fuhr er fort. »Das letzte Mal – vergangenen Sonntag, in der Nacht, bevor die Annonce in der Zeitung erschien, wenn ihr es ganz genau wissen wollt – war es nicht nur das Parfüm. Ich hörte auch Musik. Nicht irgendwelche geisterhaften Klänge, sondern richtige Musik. Auf meinem Plattenspieler, keine zwei Zimmer weiter, wurde eine Platte abgespielt.«

Martin verstummte. Mit einem Anflug von Spott fragte Dan: »Und auf der Platte erklang wohl Sandras Stimme?«

»Das nicht«, versetzte Martin grimmig. »Aber es war eine ihrer eigenen Platten. Ein paar Wochen vor unserer Hochzeit hatte sie sie gekauft. Und es war ein Lied, das sie selbst lernen wollte – von dieser Platte!«

Martin schwieg und wandte sich ab.

Val streckte die Hand aus, um ihn zu berühren, doch er rückte von ihr ab. Er drehte ihr den Rücken zu.

»Ihr braucht mir nicht zu sagen, wie sich das anhört«, sagte er leise. »Am nächsten Morgen dachte ich nämlich das gleiche. Ich redete mir ein, ich stünde kurz vor einem Nervenzusammenbruch und litte unter Halluzinationen. Aber die Platte lag noch an ihrem Platz, neben dem Plattenspieler, wo ich sie hingelegt hatte! Und dieses verdammte Parfüm hing immer noch in der Luft!«

»Das hört sich an wie eine Gespenstergeschichte«, meinte Dan ruppig.

»Ich sagte doch, ich weiß, daß es sich anhört, als würde ich spinnen! Wenn der Brief und die Annonce nicht gewesen wären, müßte ich ja selbst glauben, ich sei im Begriff, den Verstand zu verlieren. Aber das sind doch Fakten – die kann ich mir doch wohl nicht einbilden, oder?«

»Schon gut«, versuchte Val ihn zu besänftigen. »Du willst damit also sagen, daß derjenige, der in dein Haus eingedrungen ist und das Parfüm versprüht und die Platte aufgelegt hat, genausogut bei mir eingebrochen sein kann.«

»Anders kann ich es mir nicht vorstellen.«
»Dann wollen wir mal nachsehen, ob sich sonst noch Spuren dafür finden lassen«, regte sie an. Ihre Stimme klang gelassener, als sie sich fühlte. »Kommt mit. Als erstes nehmen wir uns mal das Parfüm vor.«
Schweigend folgten sie ihr.

Als erstes entdeckten sie, daß drei Fläschchen Parfüm, nicht nur das eine, den Duft verändert hatten. Jedes Parfüm roch nun, soweit sie das beurteilen konnten, gleich. Es war der aufdringliche Fliederduft, nach dem, wie Martin hartnäckig behauptete, Sandras Parfüm gerochen hatte.
In diesem Moment glaubte Val zum ersten Mal ernsthaft daran, daß jemand in ihr Haus eingedrungen war. Ihr fröstelte, als sie das letzte Fläschchen auf den Frisiertisch zurückstellte. Dan stand hinter ihr und legte seine Hände auf ihre Schultern. Eine tröstende Geste.
»Eines steht fest«, meinte Val. »Derjenige muß tagsüber hier gewesen sein, nicht nachts. Ich habe einen leichten Schlaf und wäre mit Sicherheit wach geworden. Muldoon hätte sich auch gemeldet.«
Der Gedanke, daß jemand sich heimlich an ihrem Bett vorbeigeschlichen hatte um an den Frisiertisch zu gelangen, jagte ihr eine Gänsehaut über den Rücken. »Jedenfalls werde ich ab jetzt die Türketten vorlegen. Auch wenn derjenige einen Schlüssel hat, wird die Kette ihn abhalten.« Sie lachte nervös. »Ich darf gar nicht daran denken, daß ich unter anderem in eine Kleinstadt gezogen bin, weil man sich dort vor Einbrechern sicherer fühlen kann.«
Und dann, als sie ihren Schmuck überprüfte – Ketten, Ohrringe, Broschen und ein paar Ringe – entdeckte sie ein Stück, das ihr fremd vorkam. Stirnrunzelnd sortierte sie es aus und hielt es hoch. Es handelte sich um eine Anstecknadel in Form eines Schmetterlings. Die gespreizten Flügel wiesen ein verschlungenes, feinziseliertes Muster auf. Auch der Leib war ziseliert, und vom Kopf stand ein Paar lebensecht aussehender Fühler ab.
Doch es waren die Flügel, die ihre Aufmerksamkeit fesselten. Das Muster war nicht symmetrisch. Jeder Flügel wies eine andere Verzierung auf. Als ihr Blickwinkel sich veränderte, ergab das

komplizierte Muster plötzlich einen Sinn. Auf jedem Flügel stand ein reichverschnörkelter Buchstabe. Auf dem linken Flügel ein »S«, auf dem rechten ein »H«.
»Das hier gehört mir nicht.« Sie wandte sich an die beiden Männer, die schweigend zugeschaut hatten, wie sie in ihrer Schmuckschublade kramte.
Martin nahm ihr die Nadel aus der Hand und hielt sie unter die Lampe. Er verzog keine Miene, aber aus seinem Gesicht wich jede Farbe.
Val schluckte nervös. »So wie du aussiehst, könnte man meinen, die Nadel sagt dir etwas.«
Er nickte langsam, blaß bis in die Lippen. »Ja.« Es war nur ein Flüstern. »Sie gehörte Sandra.«
Val gefror das Blut in den Adern. Martins Flüstern dröhnte als Echo in ihren Ohren. Ehe sie einen zusammenhängenden Gedanken fassen konnte, nahm Dan Martin die Nadel ab.
»Woher willst du das wissen?« fragte er. »Wie ein seltenes Stück sieht sie nicht aus.«
»Ich erkenne ihre Initialen«, erwiderte er. »Auf dem linken Flügel ein ›S‹ und auf dem rechten ein ›H‹. Sandra Haynes. Das war ihr Mädchenname.«
»Bist du auch ganz sicher, daß es sich um dieselbe Nadel handelt?« forschte Dan. »Ein Irrtum ist ausgeschlossen?«
»Ich kann mich überhaupt nicht irren.« Martin hielt den Blick starr auf den Schmetterling geheftet.
Dan nickte. »Gut. Vielleicht bringt uns das ein Stückchen weiter. Wem gehört diese Nadel jetzt? Wer bekam sie nach Sandras Tod?«
Martin, der wie hypnotisiert die Nadel in Dans Hand anstarrte, gab keine Antwort. Dan rüttelte ihn leicht an der Schulter. »Marty! Was hast du?«
Marty blinzelte. In seinen leeren Blick trat wieder Leben. »Was? Was hast du gesagt?«
»Ich fragte, wer diese Nadel bekam, nachdem deine Frau starb.«
»Ihre Schwester.« Marty zog die Brauen zusammen. »Thelma Jeskie. Sie hat damals alles bekommen.«
»Dann müßte die Nadel also noch in ihrem Besitz sein?«
Marty schüttelte gereizt den Kopf. »Woher soll ich das wissen?

Seit fünf Jahren habe ich sie nicht mehr gesehen. Ich weiß nur, daß Thelma den gesamten Schmuck an sich nahm. Ich – ich wollte nichts behalten.«
»Wurde nichts verkauft?«
Martin stieß einen Grunzer aus. »Ob Thelma etwas verkauft hat, kann ich natürlich nicht sagen. Aber ist das nicht vollkommen egal?«
Dans Augenbrauen schoben sich in die Höhe. »Begreifst du denn nicht? Wenn das wirklich Sandras Nadel ist, dann gehen wir am besten mal zu Thelma Jeskie und stellen fest, was sie damit gemacht hat. Hat sie sie verkauft? Verschenkt? Und wenn ja, an wen.«
Martin schüttelte energisch den Kopf. »Es hat überhaupt keinen Zweck, sich mit ihr zu unterhalten.«
»Das verstehe ich nicht, Marty«, wunderte sich Dan. »Wenn Thelma deines Wissens die letzte Person ist, die diese Nadel besaß, dann fangen wir mit Nachforschungen wohl am besten bei ihr an, wenn wir herauskriegen wollen, auf welche Weise die Nadel in Vals Schmuckschublade landete.«
»Ob du das verstehst oder nicht, ist mir egal«, begehrte Martin auf. »Jedenfalls weiß ich, daß es keinen Sinn hat, mit Thelma zu sprechen. Es ist vollkommen zwecklos.«
Weder Val noch Dan brachten es zuwege, Martin weiter nach Thelma Jeskie auszufragen. Allein bei der bloßen Erwähnung ihres Namens schien er sich zu verschließen wie eine Auster. Als sie anfingen, ihn beharrlicher zu bedrängen, machte er auf dem Absatz kehrt und verließ das Haus.
Sie beobachteten, wie er leicht schwankend zu seinem Wagen ging und fortfuhr. Val drehte sich um und schaute zu Dan hoch. »Ich weiß zwar nicht, wie es dir geht, aber so wie Martin sich benimmt, macht mich das um so neugieriger, mal ein Wörtchen mit dieser Thelma Jeskie zu sprechen.«

7

Die Vorder- und Hintertür mit Ketten gesichert, jedes Fenster überprüft, brachte Val es fertig, einigermaßen gut zu schlafen. Allerdings schreckte sie mindestens zehnmal hoch, zum Beispiel wenn Muldoon irgendwo im Haus auf den Boden sprang oder mit seiner Stoffmaus spielte.
Am anderen Tag, kurz nach elf, einem frischen, beinahe kalten Freitag, stand Val in biederen schwarzen langen Hosen und einem warmen, aber weniger biederen grünen Poncho vor dem Holzhaus der Jeskies. Sie wohnten in Elmwood Heights, einem älteren und mittlerweile ein wenig heruntergekommenen Vorort Hazletons. Das Haus war klein und gedrungen. Es schien erst kürzlich einen frischen Anstrich bekommen zu haben, und der Rasen war ordentlich gemäht. Nur zwei oder drei Herbstastern bildeten ein paar fröhliche Farbtupfer.
Val hatte kaum auf den Klingelknopf gedrückt, als im Haus schwere Schritte zu hören waren. Die Tür ging auf, und Val blickte auf einen untersetzten, korpulenten Mann in grüner, schmutzbefleckter Arbeitskleidung. Seine Augen weiteten sich vor Überraschung, und ein freundliches Lächeln überzog das runde Gesicht.
»Sie sind doch die neue Bibliothekarin, nicht wahr? Miss Hamilton, stimmt's?« Auf ihr verdutztes Gesicht hin fuhr er eilig fort: »Ich sah Ihr Bild in der Zeitung, als Sie hierherzogen, und . . .« Er unterbrach sich und schüttelte lachend den Kopf. »Was kann ich für Sie tun, ob Sie nun Miss Hamilton sind oder nicht?«
Val stimmte in sein Lachen ein. »Sie haben schon richtig getippt, ich bin Valerie Hamilton. Und Sie sind Mr. Jeskie?«
Er nickte. »Sagen Sie ruhig Wally zu mir. Was kann ich für Sie tun?«
»Ist Ihre Frau zu Hause?«
»Thel? Aber sicher, kommen Sie nur rein. Wir haben gerade unser zweites Frühstück gegessen, und sie – ich arbeite nämlich drüben in der Gießerei, wissen Sie, in der Zweiten Straße. Zum Essen gehe ich immer nach Hause. Es ist wirklich sehr praktisch, ich habe nur eine Meile zu fahren. Hier ist das nicht so wie in einer Großstadt, wo man stundenlang zu seinem Arbeitsplatz un-

terwegs ist. Wirklich, sehr praktisch.«
Im Sprechen führte Wally Jeskie sie durch Wohnzimmer und Eßzimmer in die Küche. Eine magere, dunkelhaarige Frau spülte Teller unter fließendem Wasser ab, um sie dann in eine bereits halbgefüllte Geschirrspülmaschine zu stellen.
Die Frau drehte sich um. Ihre ohnehin schon verkniffenen Züge verhärteten sich noch mehr.
»Schatz«, sagte Jeskie, »das ist Miss Valerie Hamilton, die neue Bibliothekarin, weißt du, die sie für Flora einstellten. Miss Hamilton, das ist meine Frau, Thelma.«
Einen Augenblick lang blieb der Ausdruck von Überraschung und Mißbilligung auf Thelmas Zügen festgefroren. Es kostete sie offensichtlich Überwindung, ein Lächeln anzudeuten.
»Ich lasse euch beide jetzt allein«, verkündete Jeskie. »Muß zur Arbeit zurück.« Er drückte seiner Frau einen schmatzenden Kuß auf die Wange und verschwand mit einem fröhlichen »bis heute abend dann, Schatz« durch die Küchentür.
Als die Tür ins Schloß fiel, erlosch Thelmas dünnes Lächeln. »Was führt Sie zu mir, Miss Hamilton?« fragte sie, indem sie die letzten Teller abspülte und in die Spülmaschine stellte. »Sammeln Sie für irgend etwas?«
»Sammeln? Nein, natürlich nicht. Ich . . .«
»Flora hat nämlich oft für irgendeinen guten Zweck gesammelt, wissen Sie. Sie war in mehreren gemeinnützigen Vereinen tätig.«
»Nein, ich bin nicht gekommen, um zu sammeln.« Unter dem forschenden Blick der Frau fühlte sie sich plötzlich verlegen. Mrs. Jeskie wirkte so kühl und reserviert, wie ihr Mann leutselig und herzlich war.
»Wir können auch ins andere Zimmer gehen«, schlug sie gleichgültig vor. »Weshalb sind Sie dann zu mir gekommen?«
Sie machte sich nicht die Mühe, die Schürze abzunehmen, die sie über dem ziemlich einfachen Kleid trug. Sie ging voraus ins Wohnzimmer und ließ sich schwerfällig auf das Sofa sinken. Val blieb einen Moment stehen, ehe sie sich auf die Kante eines Stuhles setzte, der dem Sofa gegenüberstand.
»Sie sind Sandra Forsters Schwester?« eröffnete sie das Gespräch.
Die Frau kniff die schmalen Lippen noch fester zusammen. »Sandra Haynes' Schwester, meinen Sie wohl?«

Die Gefühle, die Martin für seine Schwägerin hegte, beruhten offenkundig auf Gegenseitigkeit. Eine Unterhaltung mit ihr würde nicht einfach sein.
»Ja.« Val nickte. »Sandra Haynes. Sie war mit Martin Forster verheiratet.«
»Ein paar Tage«, erwiderte Thelma Jeskie kühl.
Es hatte keinen Sinn, um den heißen Brei herumzureden. Val entschloß sich, mit der Tür ins Haus zu fallen. Sie öffnete ihre Handtasche und holte die Anstecknadel heraus. Sie beugte sich vor und hielt sie Thelma unter die Nase. Stirnrunzelnd besah die Frau sich das Schmuckstück. Dann blickte sie Val aus zusammengekniffenen Augen mißtrauisch an.
»Woher haben Sie das?« In ihrer Stimme klang Argwohn durch.
»Um das festzustellen, kam ich ja gerade zu Ihnen.« Val befleißigte sich des überhöflichen Tonfalls, den sie sich normalerweise für besonders verärgerte Mitglieder der Bibliothek aufsparte. »Vielleicht können Sie mir weiterhelfen.«
»Ich sollte Ihnen helfen? Wie kommen Sie darauf?«
Mit knappen Worten erklärte Val, wie sie in den Besitz der Anstecknadel gekommen war. Thelma lauschte mit angespannter Miene. Die Furchen auf ihrer Stirn vertieften sich. »Dieser Schmetterling ist der erste konkrete Ansatzpunkt den wir haben, um festzustellen, wer Martin und mir diese geschmacklosen Streiche spielt. Ich habe gehört, daß Sie nach dem Tod Ihrer Schwester deren Schmuck bekamen.«
»Und Sie verdächtigen mich, ich sei in Ihr Haus eingedrungen und hätte Ihnen diese Nadel ins Schlafzimmer gelegt?«
»Nein, nein, so war das nicht gemeint«, beteuerte Val hastig. »Von Ihnen wollte ich nur wissen, ob das tatsächlich die Nadel ist, die Ihrer Schwester gehörte. Und wenn das der Fall sein sollte, könnten Sie mir vielleicht helfen, herauszufinden, wer sie in mein Haus geschmuggelt hat.«
Bedächtig, die Stirn immer noch tief gefurcht, nahm Thelma ihr den Schmetterling aus der Hand. Sie hielt ihn in das Licht, das durch das große Fenster in den Raum fiel. Dann nickte sie.
»Ja, ich erkenne die Nadel. Sie gehörte Sandra.«
»Und Sie irren sich auch nicht? Erkennen Sie die Nadel nur an den Initialen?«

»Nicht nur.« Thelma hielt ihr die Nadel unter die Augen und zeigte auf eine Stelle auf der Rückseite eines der Flügel. »Sehen Sie diese kleinen Kratzer hier?«
Val nickte. Thelma fuhr fort: »Der Verschluß hielt nicht. Er war zu locker. Wally hat ihn strammer gemacht, aber die Pinzette rutschte ihm aus und zerkratzte das Metall. Hier, an dieser Stelle.«
Val strengte die Augen an. Im Metall waren zwei winzige Schrammen, so klein, daß man darauf aufmerksam gemacht werden mußte, um sie überhaupt zu bemerken. Als sie wieder aufblickte, stellte sie verwundert fest, daß Thelma lächelte.
»Sie sagen, daß Martin sich den Streich sehr zu Herzen genommen hat?« Ihre Lippen spitzten sich, als sie seinen Namen aussprach.
»Ja, er schien sich darüber sehr aufzuregen. Ich muß sagen, ich kann das gut verstehen. Wenn man bedenkt, auf welche Weise seine Frau ums Leben kam.«
Thelmas Lächeln vertiefte sich. Als sie Vals Blick auffing, brach sie in lautes Gelächter aus. »Schade, daß ich nicht dabei war. Sein Gesicht hätte ich gern gesehen.«
Vals Verwirrung steigerte sich. »Haben Sie mir die Nadel vielleicht doch ins Schlafzimmer gelegt? Und die Annonce aufgegeben?«
Sie rechnete mit einem Wutausbruch, doch Thelma schüttelte nur lächelnd den Kopf.
»Nein, ich habe nichts damit zu tun. Leider. Ich wünschte, ich wäre selbst auf so etwas gekommen. Nein, die Nadel wurde mir zusammen mit anderen Sachen vor einiger Zeit gestohlen. Es muß ungefähr einen Monat her sein.«
»Ich verstehe Sie nicht«, äußerte Val verblüfft. »Warum hätten Sie Martin gern diesen Streich gespielt?«
Thelma lachte abermals. Abrupt machte sie den Mund zu. Ihr Gesicht war wieder ernst. »Das können Sie auch nicht verstehen«, gab sie zurück. »Dabei ist alles ganz einfach. Martin Forster hat meine Schwester umgebracht. Offenbar hat jetzt jemand doch festgestellt, daß ich recht hatte und unternimmt etwas.«
Betretenes Schweigen. Kein Wunder, daß Martin einen Abscheu davor hatte, mit seiner Schwägerin zu sprechen. Val räusperte

sich und fragte möglichst gelassen: »Warum halten Sie Martin für den Mörder?«
»Wollen Sie das wirklich wissen?«
Val nickte.
Thelma zuckte die Achseln und lehnte sich zurück. »Also gut. Wenn es Sie interessiert. Es ist ganz einfach. Die allgemeine Theorie, wer der Mörder war, kennen Sie doch, oder?«
»Meinen Sie, daß sie von einem ehemaligen Freund getötet wurde, aus Eifersucht, weil sie Martin heiratete?«
»Das ist eine Vermutung. Unter anderem. Aber sie stimmt nicht. Sie ist von vorne bis hinten falsch.«
»Aber aus welchem Grund hätte Martin sie umbringen sollen? Wie ich hörte, waren die beiden doch bloß zwei Wochen verheiratet. Und die Drohungen . . .«
»Die Drohungen waren fingiert, um die Leute glauben zu machen, das Tatmotiv sei Eifersucht. Es sollte so aussehen, als wäre einer ihrer verflossenen Freunde durchgedreht. Den wahren Grund können Sie gar nicht kennen. Martin Forster wäre der Letzte, der Ihnen das erzählt hätte. Ein paar Monate vor der Hochzeit merkte Sandra, daß sie schwanger war. Sie ließ das Kind abtreiben.«
»Davon hatte ich keine Ahnung. Aber wäre das für Martin ein Grund gewesen, einen Mord zu begehen?«
»Wenn Sie den guten Martin ein bißchen besser kennen würden . . .« In Thelma stieg die kalte Wut hoch. Ihre Stimme brach ab.
»War Martin der Vater?«
Thelma stieß ein verbittertes Lachen aus. »In diesem Fall würde meine Schwester heute noch leben. Nein, das Kind war von einem anderen. Von wem, weiß ich nicht, und es ist ja auch egal.«
»Ich verstehe immer noch nicht.«
»Soll ich es Ihnen erklären?« Wieder dieses bittere Lachen. »Sie haben doch wohl gehört, daß dieser Moralapostel Forster Sandra bekehrte?«
»Er selbst schien es jedenfalls zu glauben«, gab sie ausweichend zurück.
»Eben. Er bildete sich ein, das arme Mädchen auf den rechten Weg zurückgeführt zu haben und sonnte sich in seinem Heili-

genschein, dieser selbstgerechte Trottel!«
»Was wollen Sie damit sagen? Daß er mit ihrem Gesinnungswandel gar nichts zu tun hatte? Oder hatte Ihre Schwester sich gar nicht geändert?«
»O doch, geändert hatte sie sich schon! Ich wünschte, sie hätte es nicht getan, aber es stimmte. Sie glauben doch wohl nicht, Martin würde eine Frau heiraten, die nicht seine hohen moralischen Anforderungen erfüllte, nicht wahr?«
Val zuckte bloß mit den Schultern.
»Aber es war nicht Forster, der ihre Wandlung bewirkte«, fuhr sie verbittert fort. »Es war die Schwangerschaft und die Abtreibung. Ich weiß nicht, woran es lag, ob sie zu lange gewartet hatte oder einem schlechten Arzt in die Hände fiel. Ganz gleich, was passierte, jedenfalls war es für sie ein Schock. Als sie aus Chicago zurückkam, war sie ein anderer Mensch. Wie ausgewechselt.« Traurig schüttelte sie den Kopf. »Meinen Sie, sonst hätte sie einen Typ wie Forster überhaupt geheiratet?«
»Aber Sie haben mir immer noch nicht gesagt, was das damit zu tun haben soll, daß Martin sie angeblich ermordete«, hakte Val ein. Thelma starrte geistesabwesend vor sich hin. »Wußte er denn nicht, wie sie vorher war? Sie wollen doch nicht etwa sagen, daß er aus heiterem Himmel entdeckte . . .«
»Nein, er wußte Bescheid. Er kannte Sandra genau, sonst hätte er sich ja nicht damit brüsten können, er hätte sie auf den rechten Weg zurückgebracht, nicht wahr?« Ihre Stimme troff vor Hohn. »Sonst war er immer der erste, der sie scheel ansah oder eine beleidigende Bemerkung über sie machte. Er kannte Sandra sehr gut.«
»Aber warum . . .«
»Das einzige, wovon er keine Ahnung hatte, war die Schwangerschaft. Und die Abtreibung. Ich bin wahrscheinlich die einzige, der Sandra sich anvertraute. Die einzige.« Das herbe Gesicht wurde weicher. In den Augen glitzerten Tränen, die sie mit einer schroffen Bewegung fortwischte. »Doch dann erzählte sie es ihm! Nachdem sie sich verlobt hatten, beichtete sie ihm die Abtreibung.«
»Woher wissen Sie das?«
»Sie sagte mir, daß sie das vorhätte. Ihr Gewissen belastete sie.«

Thelma ließ ein schrilles Lachen ertönen. »Als ob sie ihm Rechenschaft schuldig gewesen wäre! Ich riet ihr, den Mund zu halten, aber sie wollte nicht auf mich hören. Sie war fest davon überzeugt, daß Forster, dieser Heilige, sie verstehen und ihr verzeihen würde. Und täte er es nicht, dann hätte sie diese Gnade eben nicht verdient!«
»Aber das erklärt immer noch nicht, warum Sie ihm den Mord in die Schuhe schieben.«
Thelma schnaubte verächtlich. »Überlegen Sie doch mal. Versuchen Sie, sich in ihn hineinzuversetzen. Er war mit ihr verlobt, die Anzeigen waren verschickt worden, er war an sie gebunden. Und auf einmal erzählt sie ihm von der Abtreibung. Das war zuviel. Das konnte er nicht verkraften. Wechselnde Männerbekanntschaften, ein schlechter Ruf, das ging gerade noch, damit konnte er sich abfinden. Vor allen Dingen, weil er sich im Glauben wiegte, seinetwegen sei sie plötzlich solide geworden. Aber eine Schwangerschaft? Eine Abtreibung? Was konnte er jetzt tun? Er könnte die Verlobung lösen, aber dann hätte er Erklärungen liefern müssen. Und er hätte sich blamiert. Selbst ihm fiel auf, daß er sich in diesem Fall als Spießer lächerlich machen würde. Und wie die meisten Moralapostel ist auch Forster in erster Linie darauf bedacht, sein Gesicht zu wahren.«
Sie holte tief Luft und seufzte. »Also brachte er sie um. Er fingierte die Drohungen, damit es so aussah, als hätte ein früherer Freund sie aus Eifersucht ermordet. Auf diese Weise wurde er sie los. Für ihn war das die beste Lösung. Nach außen hin mimte er den trauernden Witwer.«
In sich zusammengesunken hockte Thelma auf der Couch. Sie hob den Blick, um Val anzusehen. Wieder schimmerten in ihren Augen Tränen, doch dieses Mal wischte sie sie nicht fort. »Ich weiß, daß Martin Forster der Mörder ist!«

Als Val den Wagen auf den Parkplatz der Bibliothek fuhr, entdeckte sie Sheriff Mel Lawrence, der türenknallend aus seinem Auto stieg. Im Sturmschritt kam er auf sie zu. Er wartete gar nicht erst ab, bis sie ausgestiegen war, sondern legte donnernd los:
»Ich habe Ihnen doch ausdrücklich gesagt, Sie sollten mich anrufen, wenn sich etwas Ungewöhnliches ereignet.«

Sie mußte sich durch die halboffene Tür zwängen, da er ihr beim Aussteigen im Weg war.
»Das wollte ich ja«, verteidigte sie sich. »Von der Bibliothek aus hätte ich Sie angerufen.«
»Zwölf Stunden, nachdem das alles passiert ist?«
Sie blinzelte. »Ach ja, das Parfüm!« Durch Thelmas Anschuldigungen gegen Martin aus dem Konzept gebracht, hatte sie das Parfüm und die Anstecknadel völlig vergessen.
»Ja, das Parfüm. Und das Schmuckstück! Was dachten Sie denn, wovon ich spreche?« Er sah sie mißtrauisch an.
»Dann hat Martin schon mit Ihnen gesprochen? Hat er Ihnen alles erzählt?«
»Einschließlich der Tatsache, daß Ihr Wagen plötzlich stehenblieb. Das dürfen Sie nicht vergessen.«
Sein schroffer Tonfall reizte sie. Sie hatte das Gefühl, sich verteidigen zu müssen. »Keine Angst, ich vergesse schon nichts«, gab sie schnippisch zurück. »Hat Martin Ihnen auch von dem Detektiv erzählt, den er angeheuert hatte?«
Er nickte und fuhr sich mit seinen kurzen, dicken Fingern durch das rötliche Haar. »Ja, das hat er. Er sagte mir auch, daß Sie sich sehr widerspenstig angestellt hätten. Wenn Sie mich fragen, so wäre es ratsamer gewesen, Sie hätten den Mann weiter seinen Job tun lassen. Er störte Sie ja nicht und könnte sich vielleicht als sehr nützlich erweisen.«
»Wollen Sie mir jetzt auch einreden, ich hätte Schutz nötig? Als wir uns das letzte Mal unterhielten, waren Sie doch noch der Ansicht, es handelte sich nur um einen Scherz.«
Er stülpte die Lippen vor. »Ich weiß selbst, was ich gesagt habe. Und ich kann mich nicht erinnern, gesagt zu haben, Ihnen könnte überhaupt nichts passieren. Davon mal abgesehen, glaube ich nicht, daß Sie ernsthaft in Gefahr sind, aber man kann sich für alle Fälle vorsehen. Es schadet ja nichts, wenn jemand Sie beschützt.«
»Na gut, meinetwegen haben Sie recht. Aber mittlerweile hat sich noch etwas anderes ergeben . . .«
»Was? Eine neue Drohung?«
Ungeduldig schüttelte sie den Kopf. »Nein, keine Drohung. Es reimt sich nur nicht damit zusammen, daß Martin Forster für die

Zeit, als seine Frau ermordet wurde, offenbar als einziger ein hieb- und stichfestes Alibi hat. Haben Sie sich schon mal mit Thelma Jeskie unterhalten?«

Sie merkte ihm seine Verblüffung an. »Sagen Sie bloß, Sie haben mit ihr gesprochen!«

»Gerade eben. Ich fuhr zu ihr, weil ich sie wegen der Anstecknadel etwas fragen wollte. Nach Sandras Tod hatte sie sie nämlich bekommen. Aber sie . . .«

»Glauben Sie, sie hätte Ihnen die Nadel ins Haus gelegt? Und daß sie auch für die anderen Vorfälle verantwortlich ist?«

»Sie war es nicht. Jedenfalls behauptet sie es. Die Nadel wurde ihr zusammen mit anderen Sachen vor ein paar Wochen gestohlen. Doch wenn man bedenkt, was sie über Martin behauptet . . .«

»Sie hat Ihnen also erzählt, wer ihrer Meinung nach der Mörder ist?«

»Sie wissen davon?«

Er stieß einen müden Seufzer aus. »Ich weiß alles. Angeblich brachte Martin Forster seine Frau um, weil sie ein paar Monate vor ihrer Hochzeit eine Abtreibung vornehmen ließ. Seine Schwägerin glaubt, er sei zu feige gewesen, die Verlobung zu lösen, und um das Gesicht zu wahren, hätte er Sandra ermordet. Hat sie Ihnen das erzählt? Oder hat sie sich mittlerweile noch ein paar neue Anschuldigungen einfallen lassen?«

Val lehnte sich gegen die Motorhaube ihres Wagens. »Ihrem Ton entnehme ich, daß Sie kein Wort davon glauben.«

»Das mit der Abtreibung stimmt. Das hat die Autopsie ergeben. Und daß sie plötzlich solide wurde, mag auch auf Wahrheit beruhen. Warum nicht? Eine Abtreibung ist kein Pappenstiel und kann durchaus ein Trauma bewirken. Vor allen Dingen, wenn eine Frau alles allein mit sich abmachen muß.«

»Der Vater des Kindes hat sich also um nichts gekümmert?«

Er schüttelte den Kopf. »Thelma behauptet, der Vater habe von der Schwangerschaft überhaupt nichts gewußt. Es kann auch möglich sein, daß Sandra selbst nicht genau wußte, wer der Vater war.«

Val schauderte, als sie sich vorstellte, wie der jungen Frau zumute gewesen sein mußte. Der Gang in die Klinik, Ärzte und Schwestern, die sie nicht kannte, dann die Abtreibung. Unabhängig von der persönlichen Einstellung einer Frau stellt ein solcher Eingriff mit allen Begleitumständen sicherlich ein nur schwer zu verkraftendes Erlebnis dar.

Zum ersten Mal nahm Sandra für sie Gestalt an. Jetzt sah sie sie als Menschen aus Fleisch und Blut. Selbst wenn sie mit Dan – oder Martin – über Sandra gesprochen hatte, war sie ihr unwirklich und fremd erschienen, keine Frau, die lebte und atmete. Und nun nahm sie für Val Gestalt an. »Dann messen Sie Mrs. Jeskies Anschuldigungen gegen Martin also nicht viel Bedeutung bei!«

»Nicht die geringste. Seit dem Tag, an dem ihre Schwester ums Leben kam, versucht sie, Martin Forster zu belasten. Bis jetzt hat sie kein noch so stichhaltiges Argument umstimmen können.«

»Nicht einmal Martins Alibi?«

»Auch das nicht.«

»Wie sieht sein Alibi denn eigentlich aus? Von Dan Richards weiß ich, daß er so ziemlich als einziger ein Alibi hatte, aber genauer drückte er sich auch nicht aus.«

Eine kurze Pause trat ein. Dann sagte der Sheriff mit einer Spur Schroffheit in der Stimme: »Ich bin sein Alibi.«

»Sie?«

»Ja, ich. Ich und der gesamte Stadtrat.«

»Und weiter?« Sie übersah geflissentlich sein Widerstreben, darüber zu sprechen.

Er holte tief Luft und heftete den Blick auf die Kirche, die der Bibliothek gegenüberlag. Er vermied es absichtlich, Val anzusehen. »Ich wurde k.o. geschlagen.« Seine Stimme klang beißend scharf. »Ich bekam eins über den Kopf.«

Erstaunt riß sie die Augen auf.

Seine Erregung klang ab. »Entschuldigung, Sie können ja nichts dafür.« Er schloß kurz die Augen, dann schlug er sie wieder auf und sprach weiter, aber immer noch mied er ihren Blick.

»Ziemlich zum Schluß fing Sheriff Hyatt an – ich war damals noch sein Untergebener – die Drohungen ernst zu nehmen. So ernst, daß er Sandra rund um die Uhr unter Polizeischutz stellte. Das ging ein paar Tage so. Ich hatte jedenfalls an dem Abend Dienst. Forster nahm an einer Sitzung des Stadtrates teil, also waren Mrs. Forster und ich allein im Haus. Vom Hof her hörte ich ein Geräusch und ging nach draußen. Ich benahm mich wie ein blutiger Anfänger. Jemand mußte mir aufgelauert haben und schlug mir von hinten eins über den Schädel. Das nächste, woran ich mich erinnere, ist Forster, der über mir steht und schreit: ›Was ist passiert?‹«

Sein volles Gesicht hatte sich gerötet.

»Worin besteht das Alibi?« fragte Val in die Stille hinein.

»Das ist ganz einfach. Steht alles schwarz auf weiß. Das offizielle Protokoll der Stadtratssitzung besagt, daß die Sitzung um zehn vor zehn zu Ende war. Der letzte Redner war Forster. Und bevor Sie mich jetzt fragen, woher ich die genaue Zeit weiß, wann ich niedergeschlagen wurde, erzähle ich es Ihnen selbst. Das ist nämlich auch alles schriftlich festgehalten worden, genau wie das Protokoll der Sitzung. Damals war ich noch nicht lange im Polizeidienst und mußte von allem und jedem Notizen machen. Das Notizbuch kann ich Ihnen zeigen, wenn Sie wollen. Die Eintragung lautet: ›Verdächtiges Geräusch im Hof der zu bewachenden Person. Verlasse Haus zwecks Nachforschung.‹« Er hob die massigen Schultern. »Da haben wir's. Wenn man nicht gerade annimmt, daß Forster sich mit mir zusammengetan hätte, um seine Frau zu ermorden, – was Mrs. Jeskie im übrigen mehr als einmal öffentlich behauptet hat –, ist Martin von jedem Verdacht befreit.«

Eine längere Stille trat ein. Dann sagte Val: »Das tut mir leid.«

»Warum? Sie können ja nichts dafür, daß ich vollkommen versagt habe. Glauben Sie mir, noch heute dreht sich mir der Magen um, wenn ich bloß daran denke.« Abrupt wandte sich der Sheriff ab. »Aber was geschehen ist, läßt sich leider nicht mehr ändern. Wir können nichts rückgängig machen, so sehr wir es uns auch wünschen.« Er straffte die Schultern. »Jetzt wollen wir uns lieber wieder der Gegenwart zuwenden. Und ich kann mir nicht helfen, ich finde, den Detektiv hätten Sie ruhig weiterarbeiten lassen sollen.«

»Meinen Sie wirklich, ich müßte in der nächsten Zeit ein bißchen auf der Hut sein?«

»Man kann nie wissen. Aber ein bißchen Vorsicht schadet ja nichts, oder?«

»Ich werd's mir durch den Kopf gehen lassen.« Sie warf einen Blick auf die Uhr. Sie kam schon fünf Minuten zu spät. »Allerdings kann ich mir nicht vorstellen, daß derjenige, der diese

Drohbriefe geschrieben hat, bis zum Mord geht.«
»Vermutlich haben Sie recht«, räumte er ein. »Aber da wäre noch etwas zu bedenken.«
»Was denn?«
»Hat man Sie ganz genau darüber aufgeklärt, was alles geschah, bevor Mrs. Forster ermordet wurde?«
»Ich glaube, mittlerweile bin ich ganz gut im Bilde. Aber aus Ihrer Frage schließe ich, daß ich womöglich doch noch nicht alles weiß.«
»Nur eines noch. Genau wie Sie, hielt sich auch Mrs. Forster eine Katze. Wie Sie bereits wissen, wurde der erste Drohbrief durch die Katze übermittelt. Er war am Halsband befestigt.«
»Ja, ich weiß.« Val verspürte eine leichte Übelkeit. Sie wünschte sich, er würde schneller zur Sache kommen.
»Die letzte Drohung – wieder ein Brief – kam ebenfalls mit der Katze. Aber die Katze war tot. Jemand hatte ihr das Genick umgedreht. Martin fand sie. In dem Brief stand: ›Als nächstes kommst du dran.‹ Die tote Katze veranlaßte Sheriff Hyatt, für Mrs. Forster eine Wache abzustellen. Hat aber auch nichts genützt!«
In Wellen stieg die Übelkeit in ihr hoch. Ihr Herz hämmerte wie verrückt.
»Und Sie glauben«, fragte sie mit dünner Stimme, »daß der, der Martin und mir diese Streiche spielt, nicht unbedingt mich, aber vielleicht meine Katze töten könnte?«
Lawrence preßte die Lippen zusammen und nickte.

## 8

In der Mittagspause schlüpfte Val in ihren Poncho und ging in das Warenhaus, das einen Block weiter entfernt lag. Dort erstand sie eine Wasserpistole. In der Apotheke kaufte sie eine Flasche mit der stärksten Ammoniaklösung, die es gab. Die Waffe war sicher nicht annähernd so wirksam wie eine Gaspistole, würde ihrer Ansicht nach aber seinen Zweck erfüllen. Vor allen Dingen war sie leichter zu beschaffen als eine richtige Pistole.
Als Val an der Redaktion der *Tribune* vorbeikam, warf sie einen

Blick hinein. Außer Katherine Roberts, die gerade ein Blatt Papier auf eine Schreibmaschine legte, war niemand da. Einen Moment lang betrachtete sie den Zettel mit offenkundiger Zufriedenheit, dann wandte sie sich ab und näherte sich der Tür. Ihr herbes, beinahe unweibliches Gesicht verschönte sich in einem Lächeln, und sie beschleunigte ihren Schritt. Als sie die Tür hinter sich ins Schloß zog, winkte sie Val grüßend zu.
»Ich wollte Sie schon anrufen«, sagte sie, als sie neben ihr herging. »Aber Sie wissen ja, wie das geht, an manchen Tagen kommt man zu nichts.«
»Verstehe«, pflichtete Val mit einem Blick auf die Rathausuhr bei. »Ich muß mich auch beeilen. Heute abend erwarten wir einen neuen Schwung Schüler. Der erste Ansturm kam gleich nach Schulschluß. Sie können sich gar nicht vorstellen, welche Fragen der alte Jarvis stellt, die die Schüler dann mit Hilfe unserer Nachschlagwerke beantworten müssen.«
»Doch, ich kann's mir vorstellen. Bei dem bin ich nämlich auch zur Schule gegangen. Auf manche Fragen habe ich bis heute noch keine Antwort gefunden. Aber worüber ich mit Ihnen sprechen wollte, Val, ist Ihre gute Freundin Edna.«
»Mrs. Plover? Was führt die denn jetzt wieder im Schilde?«
Im Zuge der anderen Ereignisse hatte Val ihre Intimfeindin fast vergessen. »Nimmt sie noch immer an meiner Bibliographie Anstoß?«
Katherine schmunzelte. »Wenn Sie damit Ihre Auflistung von ›Schundliteratur‹ meinen, die Sie an Mrs. Wright und ein paar andere Lehrer verteilten, ja. So in Harnisch habe ich Edna noch nie erlebt. Vermutlich haben Sie bei ihrem letzten Treffen nicht überzeugend genug die Zerknirschte gespielt.«
»Möglich. Zum Heucheln fehlt mir das Talent.«
Katherines Lächeln erlosch. »Ich kann mich gut in Sie hineinversetzen. Aber – na ja, ich möchte Sie vorsichtshalber doch warnen. Es sieht ganz so aus, als wollte Edna versuchen, Ihnen bei der nächsten Versammlung des Bibliotheksvorstandes an die Karre zu fahren.«
»Ach?«
»Zwei von ihrem Verein riefen heute bei uns an. Nach dem Motto: ›Ein kritischer Brief folgt‹. Zumindest einen werden wir ab-

drucken müssen. Es stinkt mir zwar, aber ...« Sie zuckte die Achseln. »Unabhängige Presse, Sie verstehen schon.«
»Ja. Lassen Sie sich deshalb keine grauen Haare wachsen.« Katherine grinste. »Sie nehmen mir die Worte aus dem Mund. Den gleichen Rat wollte ich Ihnen geben.«
»Meinen Sie, ich machte mir wegen Edna Sorgen?« Val schüttelte den Kopf. »Glauben Sie mir, Mrs. Plover ist im Augenblick mein geringstes Problem. Im übrigen kam ich bei der Redaktion vorbei, weil ich über ein anderes Problem gern mit Ihnen gesprochen hätte.«
»Aha.« Katherine zog die Augenbrauen hoch und musterte Val. »Dann heraus mit der Sprache. Handelt es sich zufällig um den Brief, den Ihnen jemand am Halsband Ihrer Katze zugeschickt hat?«
Val furchte die Stirn. »Woher wissen Sie das?«
»Von verschiedenen Leuten. Aber meine Hauptinformationsquelle war in beiden Fällen Sarah Allen.«
Val seufzte auf. »Kann ich mir denken. Vermutlich weiß die ganze Stadt schon Bescheid.«
»Höchstwahrscheinlich. Aber keine Angst, ich werde die Geschichte nicht in der *Tribune* aufgreifen, wenn es auch einen guten Knüller abgäbe.«
»Das Interessanteste wissen Sie noch gar nicht.« In kurzen Sätzen schilderte Val der älteren Frau die Ereignisse der letzten Tage. »Aber das darf auf gar keinen Fall an die Öffentlichkeit kommen«, schloß sie mahnend.
»Natürlich nicht«, bekräftigte Katherine. »Ich würde Ihnen selbst raten, diese Geschichte nicht breitzutreten. Wenn ich richtig informiert bin, dann geht es solchen Unruhestiftern in erster Linie darum, sich am Erschrecken ihrer Opfer zu weiden. Genauso wie anonyme Anrufer, die Frauen am Telefon mit Obszönitäten belästigen. Sie wollen irgendeine Reaktion provozieren. Wenn man sie gar nicht beachtet, hören sie von selbst damit auf. Das ist übrigens der Hauptgrund – abgesehen aus Rücksicht auf den armen Martin Forster – weshalb ich davon noch nichts in die Zeitung gebracht habe. Ich will diesen Kerl – falls es ein Mann ist – nicht noch zu weiteren Schandtaten ermutigen. Solche Leute suchen doch nur die Publizität.«

»Ich hoffe, Sie haben recht«, meinte Val. »Und vielen Dank für Ihre Zurückhaltung. Aber eigentlich habe ich Sie aufgesucht, weil ich Sie um einen Gefallen bitten wollte.«
»Und das wäre?«
Eilig erzählte sie ihr von ihrem Gespräch mit Sheriff Lawrence. »Jetzt habe ich vor allen Dingen Angst, daß dieser Mensch sich noch an meinem Kater vergreift. Glauben Sie, Muldoon und Ihr Willis könnten eine Zeitlang friedlich miteinander auskommen?«
Katherine griff nach Vals Hand. »Warum nicht? Bringen Sie ihn ruhig zu mir. Ich nehme ihn gern in Pflege. Sharon quält mich ohnehin schon seit einiger Zeit, ich sollte uns eine zweite Katze anschaffen.« Sie lachte. »Und es macht ja nicht mehr Umstände, als einen zweiten Freßnapf aufzustellen.«
Selig, für Muldoon ein sicheres Plätzchen gefunden zu haben, eilte Val in die Bibliothek zurück. Sie fühlte sich bereits viel wohler als vor einer halben Stunde.

Den Gremlin ließ Val am Bordstein vor dem Haus stehen. Im Vorbeigehen riß sie ein paar Grashalme aus dem Rasen und lief ins Haus. Muldoon kam schnurrend auf pelzigen Pfoten aus der Küche und folgte ihr ins Wohnzimmer, wo sie ihre Handtasche, den Bücherpacken und dann sich selbst aufs Sofa warf. Eine Sekunde später lag Muldoon neben ihr, rollte sich auf den Rücken und wartete darauf, daß sie ihm den Bauch kraulte.
»Du bist verwöhnt«, schalt sie milde, streckte aber die Hand aus und zauste das Fell unter dem Kinn. Mit der anderen Hand hielt sie ihm das Gras hin. Er rollte sich auf den Bauch zurück und begann zu kauen. Ihre streichelnden Finger fanden im Fell unter dem Hals eine verfilzte Stelle. Sie holte den Metallkamm und schickte sich an, sie zu entwirren.
Nachdem sie den Kater gefüttert hatte, holte Val den Katzenkorb aus dem Keller. Sie wollte Muldoon gerade hineinlocken, als es an der Tür läutete.
Es war Dan, der »nur mal eben nachsehen« kam.
Sie erzählte ihm von ihrem Besuch bei Thelma. Als sie geendet hatte, pfiff er leise durch die Zähne.
»Kein Wunder, daß Martin nicht mit ihr sprechen wollte«, fand er. »Aber hat Lawrence es denn nicht geschafft, ihr einzuhäm-

mern, daß Martin vermutlich der einzige in ganz Hazleton ist, der Sandra nicht umgebracht haben kann?«

Val machte eine hilflose Geste. »Wenn jemand verbohrt ist, dann nützt auch die schönste Logik nichts. Vielleicht ist Martin noch froh, daß sie ihre Verdächtigungen nicht in der Zeitung abdrukken ließ. Mit ihrer Meinung hält sie nämlich nicht hinter dem Berg. Mich wundert nur, daß du noch nichts davon gehört hast.«

»Wahrscheinlich nur, weil ich dieser Frau noch nie begegnet bin. Und da Marty und ich viel zusammenarbeiten, schließt man vielleicht daraus, daß wir eng miteinander befreundet sind und keiner traut sich, mir diese Anschuldigungen weiterzuerzählen.«

Nach mehreren Minuten müßiger Spekulation blickte Val auf die Uhr. »Ich will dich ja nicht rausschmeißen, Dan, aber ich muß noch eine Besorgung machen.«

»Kann ich dir dabei helfen?«

Sie schüttelte den Kopf. »Nein, ich wollte nur . . .«

Jäh hielt sie inne. Vielleicht wäre es unklug, Dan – oder jemand anderen – von Muldoons Umzug zu erzählen. Je weniger Leute davon wußten, daß sie ihn zu Katherine in Pflege gab, um so besser.

»Ja?« hakte er nach. »Was wolltest du?«

Sie wollte einen halbwegs plausibel klingenden Vorwand erfinden, doch ihr fiel absolut nichts ein. Es widerstrebte ihr, Dan zu beschwindeln. Wenn sie Dan nicht mehr vertrauen konnte, wem dann?

»Ich bringe Muldoon zu Katherine Roberts. Er soll vorläufig bei ihr bleiben. Ich habe nämlich gerade erfahren, was mit Sandras Katze passiert ist.«

Zuerst schien er verwirrt zu sein, dann glättete sich seine Stirn. »Ach ja, jetzt erinnere ich mich.« Er schnitt eine Grimasse. »Eine widerliche Angelegenheit. Glaubst du, daß der, der euch die Streiche spielt, Muldoon auch abmurksen könnte?«

»Jedenfalls schließe ich es nicht aus.« Von der Wasserpistole und der Flasche Ammoniak, die immer noch in einer Plastiktüte in ihrem Wagen lagen, erzählte sie nichts. Muldoon, der offenbar schon wieder Hunger hatte, strich schnurrend um ihre Beine und schlug mehrere Male hoffnungsvoll den Weg in Richtung Küche ein.

»Dann kann ich dir doch helfen.« Dan faßte in seine Jackettasche. »Ich fahre dich rüber, während du auf Muldoon aufpaßt. So brauchst du ihn gar nicht in diesen Transportkäfig zu stekken . . .«

Als Val merkte, was Dan im Begriff war zu tun – nämlich die Wagenschlüssel aus der Tasche zu ziehen – war es schon zu spät. Beim ersten Klappern des Schlüsselbundes schoß der Kater wie der Blitz davon. Der Schwanz wehte wie eine buschige Fahne hinter ihm her.

Dan merkte gar nicht, daß Muldoon sich aus dem Staub gemacht hatte. Er wunderte sich nur über Val, die sich seine Hand schnappte und sie mitsamt dem Schlüsselbund festhielt. Verblüfft schaute er sie an, als sie ihn wieder losließ.

»Ich freue mich ja, daß du meine Hand hältst«, sagte er. »Aber ich habe das vage Gefühl, daß du mich nicht aus einer plötzlichen Aufwallung von Zärtlichkeit so überfallen hast.«

»Bestimmt nicht. Steck bloß wieder die Schlüssel weg, aber möglichst, ohne damit zu klappern. Sonst kriegen wir Muldoon nie in ein Auto.«

Vorsichtig ließ er die Schlüssel wieder in die Tasche gleiten. »Was ist los? Das verstehe ich nicht.«

»Kannst du auch nicht. Das ist nur eine von Muldoons Eigenheiten. Aus irgend einem Grund versetzt ihn das Klappern von Autoschlüsseln in Panik.«

»Wie kommt denn das?«

»Keine Ahnung. Vielleicht sind das noch die Nachwirkungen der Fahrt, als ich ihn von der Züchterin zu mir nach Hause transportieren mußte. Und ein paarmal mußte ich ihn im Auto zum Tierarzt bringen. Egal, jedenfalls wird er wild, wenn er das Klappern von Wagenschlüsseln hört. Wahrscheinlich verbindet er es mit einer unangenehmen Erinnerung.«

Lauschend blickte sie sich um. »Du hast ihn verjagt, Dan. Jetzt hilf mir wenigstens, ihn wieder einzufangen.«

»Klapper doch einfach mit der Büchse Trockenfutter. Dann kommt er doch immer angesaust wie der geölte Blitz.«

»Nicht, wenn er sich vorher vor Autoschlüsseln erschreckt hat. Dann geht er erst mal für eine Weile in Deckung. Du suchst in der Küche, ich versuch' mal, ob ich ihn im Schlafzimmer aufstö-

bern kann.«
Schließlich fand sie ihn zusammengekauert unter dem Schreibtisch in ihrem Arbeitszimmer. Mit viel Geduld schaffte sie es, ihn hervorzulocken und im Tragkorb unterzubringen. Dan, der aufpaßte, daß die Schlüssel nicht klapperten, fuhr sie zum Haus der Roberts', die nur ein paar Straßenzüge weiter wohnten.
Als Muldoon im Wohnzimmer der Roberts' aus seinem Tragekorb erlöst wurde, gebärdete er sich zum Glück, als sei nichts geschehen. Er räkelte sich ausgiebig und begann dann mit einer sorgfältigen Besichtigung der neuen Umgebung. Unter dem Küchentisch machte er sich mit Willis, dem kurzhaarigen, braunweiß gefleckten Hauskater der Roberts' bekannt.
Sharon, die fünfzehnjährige Tochter, mit langen blonden Haaren und einer großen runden Brille, begleitete Muldoon auf seiner Tour durchs Haus und bückte sich gelegentlich, um ihm beruhigend über das Fell zu streicheln. Das Tier schien sich gut einzugewöhnen, und ihre einzige Sorge war, wie lange sie ihn behalten durfte.
Kurz nach elf verabschiedeten sich Dan und Val von den Roberts'. Kurz nach zwölf stieg Dan in seinen Checker und fuhr nach Hause.
Um halb zwei klingelte das Telefon.
Vor Schreck ließ Val beinahe das Buch fallen, in dem sie las, seit sie vor ungefähr einer Stunde zu Bett gegangen war. Als der erste Schock über den unerwarteten Anruf nachließ, packte sie ein Anflug von kalter Angst. Um diese Zeit, dachte sie, während sie das Buch fortlegte und nach dem Hörer griff, kann ein Telefonanruf nur eine schlechte Nachricht bedeuten. Ob etwas mit ihrer Mutter passiert war?
Schließlich hob sie ab und legte den Hörer leicht gegen das Ohr.
»Hallo?«
Stille. Kein Amtszeichen, kein Atmen, nichts.
»Hallo? Wer ist da?«
Sie stand schon im Begriff, aufzulegen, als er zu sprechen begann. Sie vernahm ein heiseres, gedämpftes Flüstern.
»Das wirst du mir büßen! Wenn ich dich nicht haben kann, dann soll dich keiner kriegen.«
»Wer . . .«

»Hast du geglaubt, ich könnte das so schnell vergessen, Sandra? Unser Wochenende in Cincinnati?«
Angst und Zorn wallten abwechselnd in ihr hoch, als der Fremde im Flüsterton in allen Einzelheiten ein Schäferstündchen beschrieb, das in irgendeinem namenlosen Motel zwischen ihm und Sandra stattgefunden hatte. Dies hier war etwas vollkommen anderes als der Brief. Dabei hatte es sich um ein beschriebenes Blatt Papier gehandelt. Es war irgendwie unpersönlich gewesen, hatte nicht die Kraft besessen, sie bis ins Mark hinein zu treffen. Doch die Stimme am Telefon rückte ihr die Tatsache ins Bewußtsein, daß der Schreiber dieses Briefes ein Mensch war, der wirklich existierte. Jetzt, in diesem Augenblick, sprach er mit ihr; irgendwo in der Nacht saß er an einem Telefon, hatte ihre Nummer gewählt, redete auf sie ein, während sie hilflos zuhörte und sich nicht einmal vorstellen konnte, wie er aussah.
Mit einem Mal gewann ihr Zorn auf den Unbekannten die Oberhand. Vor gerechter Empörung vergaß sie ihre Angst.
»Erstens«, unterbrach sie das eindringliche Geflüster, »bin ich nicht Sandra! Und wenn Sie kein Feigling sind, dann verraten Sie mir bitte, wie Sie heißen.«
Das Flüstern hörte abrupt auf.
»Sie wollen es mir also nicht sagen?« Ihre Stimme klang jetzt ruhig. Sie ignorierte einfach die Versuche des anderen, mit seinem Flüstern fortzufahren. »Meinetwegen, Ihr Name interessiert mich nicht. Ich kann Ihnen auch so sagen, wer Sie sind. Ein schmieriger, elender Dreckfink, der seine kranke Phantasie dazu benutzt, Martin Forster gehässige Streiche zu spielen. Mehr brauche ich gar nicht zu wissen. Ich sage Ihnen nur eines, weit kommen Sie damit nicht. Von mir aus können Sie mich mit Ihren idiotischen Telefonanrufen belästigen, wann und wie oft Sie wollen. Martin Forster wird sowieso nichts davon erfahren. Von jetzt an mache ich dieses dämliche Spiel nicht mehr mit. Haben Sie mich verstanden? Von mir wird er nicht einmal wissen, daß Sie existieren.«
Sie lauschte eine Zeitlang. Das Flüstern war verstummt. Und dieses Mal setzte es nicht wieder ein. Sie hörte schwach, wie jemand mühsam atmete.
»Sie haben mich doch verstanden, nicht wahr?« wiederholte sie.

Eine weitere Sekunde lang lauschte sie den entfernten Atemzügen, dann knallte sie den Hörer auf die Gabel.
In der plötzlich eintretenden Stille konnte sie ihr eigenes Atmen hören. Und als sie ihre Hand betrachtete, sah sie, daß sie zitterte.

*Geraume Zeit blieb er reglos sitzen, den stummen Hörer in der Hand. Schließlich legte er ihn mit unsicheren Bewegungen auf den Apparat zurück.*
*Die Dunkelheit, die sich draußen gegen die Scheiben drückte, zog sich dichter um ihn zusammen, umhüllte ihn wie ein schwarzes Tuch, raubte ihm die Luft zum Atmen. Er drohte zu ersticken, als er sich zu der Einsicht zwang: Sie hat recht.*
*Es hatte keinen Zweck. Wenn sie es Forster nicht erzählte, fiel der ganze Plan in sich zusammen.*
*Das endlose Warten, das Grübeln, die Mühe – das Parfüm, die Musik, der Schmuck, ein Dutzend anderer, noch unentdeckter Dinge – alles war sinnlos geworden. Die Hoffnung, die er all die endlosen Jahre lang genährt hatte, zerstob mit einem Schlag. Jetzt hatte er selbst die Hoffnung verloren, genauso, wie er Sandra verloren hatte.*
*Und ohne Hoffnung – ohne die Aussicht auf Rache und Sühne – war sein Leben ohne Sinn. Wenn er versagte, dann taugte er genausowenig wie dieser schwächliche Feigling!*
*Es mußte einfach einen Weg geben!*

## 9

Val erzählte dem Sheriff von dem Anruf und verschwieg auch nicht, daß sie sonst mit niemandem darüber sprechen wollte. Er hielt ihre Ansicht für richtig, meinte aber zum Schluß: »Wenn diese Anrufe sich wiederholen, lasse ich Ihnen eine Fangschaltung einbauen.«
Er schien überrascht zu sein, als sie ihm die direkte und obszöne Sprechweise des Anrufers beschrieb.
»Seltsam«, fand er. »Der Brief, den Sie bekamen, glich dem, den Sandra erhielt, bis in alle Einzelheiten. Aber dieser Anruf ... Sind Sie auch sicher, daß es sich nicht bloß um jemand handelte, der

wahllos Frauen aus dem Telefonbuch heraussucht und sie in schmutziger Weise belästigt?«
»Passen Sie auf.« Sie lehnte sich in dem Stuhl zurück, der vor dem Schreibtisch in Lawrences spartanisch eingerichtetem Büro stand. »Er nannte mich Sandra, gleich zu Anfang. Und er warnte mich: ›Das wirst du mir büßen.‹«
Lawrence kaute auf seiner Unterlippe. »Das hatte der unbekannte Anrufer Mrs. Forster auch immer gesagt. Aber der Rest . . .« Er schüttelte den Kopf. »Irgendwie reimt sich das nicht zusammen. Dieser Anruf hier ist anders als die, die Mrs. Forster erhielt.«
»Welche Art von Anrufen bekam sie denn?«
»Den genauen Wortlaut kenne ich nicht, da sie nicht auf Band aufgenommen wurden. Aber sie waren nicht so wie der, den Sie gerade beschrieben. Es sei denn . . .« Er unterbrach sich und trommelte mit den Fingerspitzen auf der Schreibtischplatte. »Es sei denn«, fuhr er fort, »Mrs. Forster verschwieg uns einiges. Wenn man bedenkt, daß sie mit ihrer Vergangenheit endgültig brechen wollte, hielt sie es vielleicht für angebracht, gewisse Einzelheiten zu verschweigen. Womöglich brachte sie es nicht über sich, vor der Polizei diese ordinäre Sprechweise zu wiederholen. Ich weiß, ich verlange viel von Ihnen, aber wie hat der Anrufer sich ausgedrückt?«
Sie gab ein paar Kostproben, und die Falten auf seiner Stirn vertieften sich. Nach ein paar Sätzen unterbrach er sie. »Dieselbe Begegnung wurde auch in Mrs. Forsters erstem Anruf geschildert. Nur handelte es sich damals um eine . . .« er rang nach Worten, »sozusagen gereinigte Fassung. Bei Ihnen geht er ausführlicher ins Detail.«
»Sagten Sie nicht einmal – ich kann es aber auch von Dan gehört haben – daß alles, was in den Anrufen gesagt wurde, auf irgendwelche ehemaligen Freunde hindeutete?«
Er nickte. »Stimmt. Dieser Anruf hier – das Wochenende in Cincinnati – weist auf Mike Moore hin. Er und Mrs. Forster – Miss Haynes, sollte ich wohl besser sagen – verbrachten besagtes Wochenende gemeinsam. Allerdings lag das damals schon mindestens ein Jahr zurück. Sie hatten auch kein Geheimnis daraus gemacht, jeder von Mikes Freunden wußte davon.«
»Aber es war nicht Mike, der angerufen hatte?«

»Das halte ich für äußerst unwahrscheinlich. Mrs. Forster sagte uns – nach langem Zögern – mit wem dieses Wochenende stattgefunden hatte, und wir nahmen uns Mike ins Gebet. Für die Zeit des Anrufs konnte er sogar ein Alibi nachweisen. Ein paar Tage darauf kam der nächste Anruf. Dieses Mal handelte es sich um ein ähnliches Wochenende in Indianapolis. Bloß war der betreffende Freund in diesem Fall Tommy Ailswurth. Daß sie mit ihm mal ein Verhältnis hatte, wußte hier auch jeder. Und was sie im einzelnen in dem Motel getrieben hatten – nun, die Schilderung war so vage, daß es alles und gar nichts beweisen konnte.«
Ihre Miene erhellte sich. »Aber jetzt, wo er mir am Telefon alles aufs ausführlichste geschildert hat . . .«
Lawrence seufzte. »Ich werde der Sache nachgehen.«

Am Nachmittag rief der Sheriff Val in der Bibliothek an. »Ich habe mit Moore gesprochen. Resultat negativ.«
»Dann haben er und Sandra nichts von alledem gemacht?«
»Um ihn mehr oder weniger wörtlich zu zitieren: ›Leider nein. Nicht, daß ich es nicht gewollt hätte, aber Sandy ließ sich immer nur auf das Übliche ein.‹«
»Wenn ich noch einmal angerufen werde, und es handelt sich um das Rendezvous mit diesem – wie sagten Sie noch – Ailswurth, soll ich dann so lange zuhören, bis er mir ein paar Einzelheiten liefert, die Sie nachprüfen könnten?«
»Nein!« gab er mit Nachdruck zurück. »Gestern nacht haben Sie ganz richtig reagiert. Geben Sie diesem Schmutzfinken gar keine Gelegenheit zum Reden. Wenn so einer kein Echo findet, dann hört er meistens von ganz allein wieder auf.«
In ihren Ohren klang es nicht sehr überzeugend.

Nach einem arbeitsreichen Samstag, der damit angefüllt war, daß sie Lebensmittel für die ganze Woche einkaufte, Wäsche wusch, Staub saugte, die Bücherregale abstaubte und Muldoons Haare von den Polstern klaubte, konnte sie sich endlich für ihre Verabredung mit Dan rüsten. Nach einem gelungenen Abendessen besuchten sie das Theodore-Bikel-Konzert in South Bend.
Gegen Mitternacht kehrten sie heim. Ihre Stimmung war so gut wie schon seit langem nicht mehr. Bikels Musik hatte sie mitge-

rissen, genauso wie vor einigen Jahren, als sie ihn einmal in Milwaukee gehört hatte. Und vor allen Dingen hatte sie für ein paar Stunden den Unruhestifter vergessen.
Doch als sie sich aus ihrem Poncho schälte – zur Feier des Tages einen schwarzen –, kam ihr das Haus ohne Muldoon merkwürdig leer vor. Sie vermißte seine schmeichelnden Annäherungen, mit denen er sich noch ein spätes Abendessen erbettelte. Mit aller Macht stürmten die vergangenen beunruhigenden Geschehnisse wieder auf sie ein.
Und als Dan sich eine Stunde später verabschiedete, umarmten sie sich ein bißchen fester und ein bißchen länger als sonst. Und Val schlug seinen etwas weniger beiläufig vorgebrachten Wunsch etwas weniger schnippisch aus. Demnächst vielleicht, dachte sie, während sie ihm nachsah, wie er zu seinem Checker ging.
Später, im Halbschlaf, kam ihr die verschwommene Idee, ob sie Dan womöglich nicht nur als Ersatz für ihren Kater betrachtete. Immerhin hatten er und Muldoon manches gemeinsam. Sie besaßen den gleichen rauhen Charme und waren sehr anhänglich. Dabei fiel ihr ein, daß sie anderntags unbedingt Katherine besuchen mußte, um sich zu erkundigen, wie Muldoon sich in seine neue Umgebung eingewöhnt hatte. Wahrscheinlich wurde er jetzt noch mehr verwöhnt als sonst. Sharon schien genauso in Katzen vernarrt zu sein wie sie selbst.
Während ihre Gedanken abwechselnd bei Dan und Muldoon weilten, dämmerte sie in den Schlaf hinüber.
Eine halbe Stunde später riß sie das anhaltende Schrillen des Telefons unsanft aus dem Schlummer. Benommen tastete sie nach dem Hörer.
Die Stimme, die ihr ins Ohr flüsterte, ließ sie jedoch ruckartig wach werden.
So weit sie sich erinnern konnte, waren die ersten gemurmelten Worte die gleichen wie bei dem gestrigen Anruf.
»Das wirst du mir büßen. Wenn ich dich nicht haben kann, soll dich keiner kriegen.«
Dann folgten weitere Erinnerungen an ein erotisches Abenteuer, genauso ausführlich und plastisch geschildert wie beim ersten Mal. Das Wochenende in Indianapolis, wie sie annahm.
»Ich habe Ihnen schon einmal gesagt«, fiel sie dem Anrufer

schroff ins Wort, »daß Ihre Belästigungen zwecklos sind. Sie können also ebensogut damit aufhören.«
Sie stand schon im Begriff, den Hörer aufzulegen, als ein plötzlicher Wandel in der Stimme sie jedoch stocken ließ.
»Warte!« krächzte die Stimme. Sie hielt den Hörer bereits einen halben Meter vom Ohr entfernt. »Du verstehst mich nicht!«
Was kommt jetzt, wunderte sie sich. Eine neue Masche? Langsam brachte sie den Hörer an die Ohrmuschel zurück. Die Stimme war verstummt.
»Sie haben sogar recht«, versetzte sie bissig. »Ich kann Sie wirklich nicht verstehen. Vielleicht hätten Sie die Güte, mich einmal aufzuklären. Mich interessiert zum Beispiel, aus welchem Grund Sie Martin diese Gehässigkeiten antun.«
Stille.
Dann: »Es ist notwendig! Ihm wird nichts passieren!«
»Er sieht das offenbar anders. Aber warum ist es notwendig?«
»Weil er zu der Einsicht gezwungen werden muß . . .« Jäh brach die Stimme ab. Einen Augenblick glaubte Val schon, der Unbekannte wolle die Beschreibung seiner Erlebnisse mit Sandra wiederaufnehmen. Doch es kam anders. »Sie müssen mir glauben!« flüsterte er. Aus der Stimme klang solch verzweifelter Ernst, daß es sie beinahe zum Lachen reizte. »Ich schwöre es Ihnen!«
»Ich glaube Ihnen gar nichts«, schnappte sie. »Wie käme ich überhaupt dazu? Wer sind Sie eigentlich?« Keine Antwort. »Sie glauben doch nicht im Ernst, daß ich Sandra bin, oder?«
Sekundenlang schwieg der andere. Val bildete sich ein, sein nervöses Schlucken zu hören. Schließlich ließ sich die Stimme vernehmen: »Es spielt keine Rolle, wer du in Wirklichkeit bist. Das einzige, was zählt, ist die Tatsache, daß du hier bist. Und Forster . . .«
Die Stimme hielt inne. In das anhaltende Schweigen hinein fragte Val: »Sie wissen doch, daß Sandra längst tot ist, nicht wahr?«
Als keinerlei Reaktion kam, spürte Val, wie sie immer nervöser wurde. Alles, was sie hörte, war das Pochen ihres eigenen Herzens. Mit bebender Stimme stellte sie die Frage, vor der sie Angst hatte: »Haben Sie Sandra ermordet?«
»Nein!«
Die einzige Silbe dröhnte wie eine Explosion in ihrem Ohr. Doch

der Anrufer sprach nicht weiter. Und schließlich verriet ihr ein leises Klicken, daß er aufgelegt hatte.

*Wieder saß er allein in der Dunkelheit, sein Versagen lastete schwer auf ihm. Vor ihm entstand die Vision ihres Gesichtes – Sandras schönen Gesichtes. Sie schien ihm etwas zuzurufen, so wie sie damals in dieser schrecklichen Nacht nach ihm gerufen hatte, doch er konnte nicht antworten. Damals hatte er sie im Stich gelassen, und jetzt ließ er sie schon wieder im Stich. Er war nicht besser als dieser Feigling, Forster.*

*Wenn es doch nur möglich wäre, sich direkt an ihn zu wenden, so wie er mit den anderen sprechen konnte.*

*Aber es ging nicht.*

*Er konnte sich Forster nicht stellen, ohne daß der ganze Plan hinfällig geworden wäre. Denn wenn er sich Forster zu erkennen gab, mußte er ihm die volle Wahrheit sagen. Und darauf war Forster noch nicht vorbereitet.*

*Oder – ein wilder Hoffnungsschimmer flackerte in ihm hoch – sollte er Forster einen Wink geben?*

*Der Mann war ein Schwächling. Doch die »Ähnlichkeit« war ihm schließlich aufgefallen. Und er hatte den Detektiv eingestellt.*

*Beides war kein Zeichen persönlicher Tapferkeit, weiß Gott nicht, gab aber trotzdem zu Hoffnung Anlaß. In jener Nacht war er sogar auf Winters losgegangen, obwohl er im Grunde gar nicht wußte, warum. Auch das war ein Fortschritt.*

*Und selbst, wenn diese junge Frau nicht mitspielte, es gab immer noch Möglichkeiten genug, die Sache ins Rollen zu bringen.*

*Oder gab er sich vielleicht einer Illusion hin? War Forster immer noch der gleiche hoffnungslose Feigling wie damals?*

*Und wenn die Mühe, die er sich bereits mit Forster gegeben hatte, nicht vollkommen umsonst sein sollte, mußte er schneller handeln, als ursprünglich geplant.*

*Der Schlußakt mußte in wenigen Tagen stattfinden, nicht, wie vorgehabt, im Verlaufe von Wochen. Und da war noch der andere, der präpariert werden mußte. Der erste Kontakt hatte sich als zufriedenstellend erwiesen, doch er war nur als Vorspiel gedacht, der endgültige Plan bedurfte einer weiteren Vorbereitung.*

*Ursprünglich hatte er die Sache langsam reifen lassen wollen, sich mindestens ein halbes Dutzend Anrufe zurechtgelegt, doch nun drängte die Zeit. Er mußte viel geradliniger vorgehen, als es ihm in dieser Phase des Vorha-*

*bens behagte.*
*Er hob den Hörer ab und wählte bedächtig die Nummer, die sich ihm unauslöschlich ins Gedächtnis gegraben hatte. Er stellte sich vor, wie der andere schlaftrunken die Augen öffnete, sah, wie die Hand nach der Uhr auf dem Nachttisch tastete, hörte das unterdrückte Fluchen, als das Telefon unbarmherzig weiterschrillte.*
*»Hallo? Wer ist da?«*
*Die Stimme klang unartikuliert, schläfrig, genauso, wie er es sich vorgestellt hatte.*
*»In der Nacht, in der du Sandra Forster umbrachtest«, flüsterte er, »trugst du eine dunkle Hose – ich glaube, sie war dunkelblau – und einen dunklen Rollkragenpullover. Auf der einzigen Brusttasche befand sich ein aufgesticktes Motiv. Du hattest kein Jackett an. Du zogst es aus, bevor du sie erwürgtest.«*
*»Wer ...« die Stimme wollte ihn unterbrechen, doch unbeirrt fuhr er fort. Seine Schilderung klang flach und unbeteiligt, obwohl Höllenqualen ihm das Herz zerrissen.*
*»Als du ihr die Hände auf die Schultern legtest, wich sie erst zurück. Dann versuchte sie, dich zu küssen. Sie war verzweifelt, sie hätte alles getan, was du von ihr verlangt hättest, nur um ihr Leben zu retten. Dann trat sie nach dir, aber du drücktest sie auf den Boden. Es spielte sich genau auf der Schwelle zwischen Flur und Wohnzimmer ab. Dort hast du sie erdrosselt. Sie kratzte dich, aber es hatte alles keinen Sinn. Sie schaffte es nur, dir die Tasche vom Pullover zu reißen.«*
*Er hielt inne, wartete, doch der andere blieb stumm.*
*»Ich erzähle dir das«, sprach er weiter, »damit du weißt, daß ich die Wahrheit sage. Ich habe gesehen – und kann es beweisen –, daß du Sandra Forster umbrachtest.«*
*Erneut verfiel er in Schweigen. Wartete. Nach langer Zeit vernahm er ein Wispern.*
*»Was wollen Sie von mir?«*
*Ein Gefühl unendlicher Erleichterung durchströmte ihn. Mit dieser schnellen Kapitulation hatte er nicht gerechnet.*
*»Ich verlange nicht Neues von dir«, sagte er, »nichts, was du nicht schon vorher getan hättest. Ich will nur, daß du jemand ermordest.«*
*Als er kurz darauf einhängte, wußte er, daß zumindest dieser Teil des Planes klappen würde. Wenn er bei Forster doch nur genauso sicher sein könnte ...*

Val, über ihren nächtlichen Anrufer mehr verwirrt als erschreckt, vergewisserte sich für alle Fälle, daß die ammoniakgefüllte Wasserpistole in Reichweite auf ihrem Nachttisch lag und sie sie selbst im Dunkeln finden konnte.
Nachdem sich ihre Nerven wieder beruhigt hatten, fiel sie in einen leichten Schlummer. Trotzdem erwachte sie am nächsten Morgen frisch und ausgeruht.
Dann rief sie Sheriff Lawrence in seiner Wohnung an. Er wunderte sich über die eigenartige Reaktion des Anrufers und beschloß, daß keine Zeit mehr zu verlieren sei. Er versprach ihr, ihr einen Kassettenrecorder mit Spezialmikrophon zur Verfügung zu stellen, das sie beim nächsten Anruf am Hörer anbringen konnte. Gleichzeitig wollte er veranlassen, daß der Apparat, von dem aus sie Anrufe empfing, festgestellt würde.
Der restliche Vormittag ging dabei drauf, daß sie sich mit ihrer Mutter unterhielt – sonntags waren Ferngespräche ebenfalls billiger. Später besuchte sie Muldoon und blieb auf Katherines hartnäckiges Drängen hin gleich zum Mittagessen. Außer über Muldoon, der in der Tat von Sharon verhätschelt wurde, drehte sich das Gespräch zur Hauptsache um die bevorstehende Sitzung des Bibliotheksvorstandes. Katherine befürchtete einen geharnischten Angriff Edna Plovers.
»Eine aus diesem literarischen Verein – Jessica Milton heißt sie, glaube ich – gab irgend etwas über juristische Beratung von sich. Worum es ging und was sie sich genau darunter vorstellte, sagte sie allerdings nicht«, erzählte Katherine. »Glauben Sie, daß Martin darüber Bescheid weiß?«
Val schüttelte den Kopf. »Das kann ich mir schlecht vorstellen. Es sei denn, daß er der Jurist ist, dessen Rat sie sich einholen wollen. Und wenn das der Fall wäre, und es ginge irgendwie gegen mich, glaube ich schon, daß er mir einen Wink gegeben hätte. Im übrigen scheint er mit seiner Tante nicht viel zu tun zu haben. Martin ist etwas spießig, aber bestimmt nicht so fanatisch wie sie.«
Den Nachmittag verbrachte sie damit, in Fachzeitschriften zu blättern und Bücher zu lesen und zu rezensieren. Das Wetter war

regnerisch und trüb und wie geschaffen dafür, sich in den eigenen vier Wänden zu beschäftigen.
Sie schrieb Buchbesprechungen für Fachzeitschriften und würde sich beeilen müssen, wenn sie die Rezensionen rechtzeitig abschicken wollte.
Natürlich rief Dan an, und sie war drauf und dran, ihn zu bitten, herüberzukommen. Das trostlose graue Wetter, das leere Haus und die bloße Tatsache, daß Sonntag war, brachte ihren Entschluß, sich der Arbeit zu widmen, gehörig ins Wanken. Trotzdem schaffte sie es, gegen sich selbst hart zu bleiben. Zum Glück akzeptierte Dan ihren Vorsatz, zu arbeiten. Mit einem ergebenen Seufzer wandte sie sich wieder ihrer Lektüre zu.
Kurz nach dem Abendessen – sie hatte es vor dem Fernseher sitzend eingenommen – läutete es an der Tür. Getreulich ihrer Gewohnheit, die sie sich erst kürzlich zugelegt hatte, spähte sie zuerst durch das Wohnzimmerfenster, bevor sie öffnen ging. Es war Martin.
»Martin, was ist?« Sie konnte ein unbehagliches Gefühl nicht unterdrücken.
Steif und befangen stand er da. »Darf ich eintreten?«
Sie schaute die spärlich beleuchtete Straße hinauf und hinunter. »Dieses Mal keine Detektive im Schlepptau?«
Er kniff die Lippen zusammen. »Nein, aber ich wünschte, ich hätte einen bei mir. Darf ich jetzt ins Haus kommen?«
Sie machte ihm Platz zum Eintreten. »Wenn du willst.«
»Danke.« Er nickte ihr förmlich zu, als er an ihr vorbeiging. Sie schloß die Tür und folgte ihm ins Wohnzimmer. Die Bücherstapel, die sich unordentlich auf dem Couchtisch türmten, schien er nicht zu bemerken. Auch die losen Zettel mit ihren Notizen, die überall verstreut herumlagen, würdigte er keines Blickes.
»Was kann ich für dich tun, Martin?« fragte sie, als sein Schweigen ihr zu lange dauerte.
»Ist sonst noch was passiert?« wollte er wissen.
Sie deutete ein Lächeln an. »Meinst du, ob ich noch mehr verdächtige Parfümflaschen entdeckt habe? Oder weitere Schmuckstücke?«
Sein Gesicht, das mit dem dunklen Teint und den braunen Augen nicht ohne einen gewissen Charme war, verschloß sich noch

mehr. Seine Hände tauchten in die Taschen des dunkelgrauen, tadellos sitzenden Blazers.
»Man sollte meinen«, fand er, »daß diese Ereignisse dich aufgerüttelt hätten. Du könntest die ganze Angelegenheit ruhig mit etwas mehr Ernst betrachten.«
»Und ich dachte«, versetzte sie, »wir hätten uns darauf geeinigt, daß das Ganze ein geschmackloser Streich ist. Martin, weshalb bist du gekommen? Wolltest du dich bloß erkundigen, ob der Schabernack noch weitergeht? Dann kann ich dich beruhigen, ich bin in keiner Weise mehr belästigt worden.«
Er schluckte hörbar. Dann drehte er ihr den Rücken zu, so als fiele ihm das Sprechen schwer. Er stellte sich vor das Fenster und starrte hinaus in das Zwielicht. Die Hände zog er aus den Taschen und faltete sie auf dem Rücken.
»Danach wollte ich mich tatsächlich erkundigen. Aber ich bin noch aus einem anderen Grund hier.«
»Und der wäre?« soufflierte sie, als er wieder in anhaltendes Schweigen versank.
»Ich weiß, daß es sich verrückt anhört, und wahrscheinlich wirst du es mir nicht glauben, aber – wirst du mir wenigstens zuhören, auch wenn es klingt, als litte ich plötzlich unter Verfolgungswahn?«
»Verfolgungswahn? Wie kommst du darauf? Paß mal auf, irgendwer treibt hier einen grausamen Schabernack mit dir. Das ist kein Verfolgungswahn, das ist die Wahrheit.«
»Gewiß. Die Verlobungsanzeige und die anderen Sachen gehörten zu einem geschmacklosen Streich. Aber neulich fiel mir noch etwas anderes ein, was die ganze Angelegenheit schon in einen viel beunruhigenderen Zusammenhang bringt.«
»Wovon redest du?«
Das Gesicht immer noch dem Fenster zugekehrt, fuhr er bedächtig fort: »Erinnerst du dich noch, daß ich dich auf deine Ähnlichkeit mit Sandra hingewiesen habe?«
»Hmm. Aber außer dir scheint keinem anderen die Ähnlichkeit aufzufallen.« Sie zuckte die Achseln. »Wir sind gleich groß, haben ungefähr die gleiche Figur und sind von der Haarfarbe her der gleiche Typ. Aber das ist ja nicht weiter bemerkenswert. Du bist der einzige, der mich auf die Ähnlichkeit aufmerksam ge-

macht hat.«
Sie verschwieg lieber, daß sowohl Dan als auch Katherine Roberts, einmal auf die Spur gebracht, bestätigt hatten, daß in der Tat eine Ähnlichkeit existierte.
»Ihr beide ähnelt euch wie Schwestern«, beharrte er zäh. »Davon lasse ich mich nicht abbringen.«
»Meinetwegen, du glaubst also, eine Ähnlichkeit zu entdecken. Ich will auch nicht ausschließen, daß noch jemand findet, daß ich Sandra ähnlich sehe und daß ihn dieser Umstand auf die Idee gebracht hat, dir diese Streiche zu spielen, was immer er sich auch dabei denken mag. Aber ich sehe nicht ein . . .«
»Unter Umständen steckt noch viel mehr dahinter!« Ruckartig drehte er sich um.
»Was könnte deiner Ansicht nach noch dahinter stecken?«
Seine schmalen Lippen verzogen sich zu einem Lächeln. »Irgendein anderer wäre vielleicht gar nicht darauf gekommen. Aber wenn man so etwas durchgemacht hat wie ich . . .« Er unterbrach sich und sprach nach kurzem Zögern weiter: »Sag mal, Val, wie bist du eigentlich nach Hazleton gekommen?«
Der Gedankensprung verwirrte sie. »Wieso? Ich bewarb mich um die Stelle in der Bibliothek und wurde angenommen.«
»Das weiß ich. Aber wie kamst du dazu, diese Bewerbung zu schreiben?«
»Ich erfuhr, daß Flora Shoemaker pensioniert werden sollte und eine Stelle frei würde.«
»Ich weiß, ich weiß. Ich habe mich mit Mrs. Shoemaker unterhalten. Sie sagte mir, deine Bewerbung sei eingetroffen, noch ehe sie die Stelle im *Library Journal* ausschreiben konnten.«
Val lachte. »Daran ist nichts Geheimnisvolles. Jemand gab mir einen Zeitungsausschnitt mit einem Artikel aus der *Hazleton Tribune.*«
»Wer war das?«
»Keine Ahnung. Eines Morgens lag ein Umschlag auf meinem Schreibtisch, und darin war der Ausschnitt. Irgendwer sagte noch, der Brief hätte in dem Fach gelegen, in das Mitglieder außerhalb der üblichen Öffnungszeiten Bücher werfen können, die sie zurückgeben wollen. Aber viele meiner Kolleginnen wußten, daß ich mich beruflich verändern wollte, und vielleicht hat je-

mand mir den Brief mit dem Artikel nur so im Vorbeigehen auf den Tisch gelegt. Ich weiß es wirklich nicht.«

»Hast du denn nie erfahren, wer dir diesen Artikel zugespielt hat?«

»Nein, nie. Dabei habe ich mich sogar erkundigt, nachdem feststand, daß ich die Stelle bekäme. Kein Mensch hat je zugegeben, mir den Briefumschlag auf den Tisch gelegt zu haben. Aber ich begreife nicht, warum dich das interessiert.«

»Ich sagte dir bereits, es hört sich nach Verfolgungswahn an, aber ich befürchte, das ist alles Bestandteil eines zusammenhängenden Planes.«

»Wie – da komme ich nicht ganz mit!«

»Wer immer es auch war, er muß in Milwaukee gewesen sein und dich gesehen haben. Und die Ähnlichkeit ist ihm aufgefallen. Frag mich jetzt nicht, woher derjenige wußte, daß du unzufrieden warst und eine neue Stelle suchtest, darauf habe ich nämlich auch keine Antwort. Vielleicht wußte er es gar nicht, und es war nur ein Schuß ins Blaue. Vielleicht probierte er es mit einem Dutzend anderer Frauen, die Sandra ähnlich sahen, und nur mit dir hatte er Glück. Und du kamst tatsächlich nach Hazleton.«

»Aber warum?«

»Es war der erste Schritt eines sorgfältig ausgeklügelten Planes.«

»Glaubst du im Ernst, jemand könnte durch die Gegend reisen, auf der Suche nach einer Frau, die Sandra halbwegs ähnelt, und lockt sie nach Hazleton, nur damit er dir diesen blöden Streich spielen kann?« Sie schnaubte verächtlich. »Du hast recht. Es klingt verdammt nach Verfolgungswahn. Vor allen Dingen wo du der einzige bist, der überhaupt so etwas wie eine Ähnlichkeit zwischen mir und Sandra entdeckte.«

»Ich sagte dir, ich weiß selbst, wie verrückt es sich anhört. Aber du kannst nicht abstreiten, daß diese Möglichkeit besteht.«

Sie zuckte mit den Schultern und versuchte das Thema absichtlich ins Lächerliche zu ziehen. »Wie sagt man doch? ›Auch Leute, die unter Verfolgungswahn leiden, haben Feinde.‹«

Er lächelte nicht. Seine Miene wirkte höchstens noch frostiger. »Ich habe wirklich einen Feind. Die Frage ist nur, wie weit er gehen wird.«

»Willst du damit andeuten, daß ihm noch mehr zuzutrauen ist?

Daß er sich nicht umsonst die Mühe gemacht hat, mich nach Hazleton zu locken und jetzt seinen Spaß noch weiter auskosten will?« In ihre Stimme schlich sich ein Unterton von Angst. »Daß er mich womöglich umbringt?«

Er nickte zögernd. »Ja, das halte ich für durchaus möglich.«

Ihr schauderte. »Wenn du versuchst, mir Angst zu machen, dann hast du dein Ziel erreicht. Aber trotzdem kaufe ich dir deine Theorie nicht ab. Du hast dir über den Unruhestifter doch sicher deine Gedanken gemacht. Wer hätte denn einen Grund, dir so übel mitzuspielen?«

»Das weiß ich nicht.«

»Und wie wäre es mit Thelma, Sandras Schwester?«

Aus seinem Gesicht wich jeder Blutstropfen. »Hast du mit ihr gesprochen? Über die Brosche?«

Sie nickte. »Sie sagte, sie wäre ihr gestohlen worden. Und sie erzählte mir, daß sie dich verdächtigt . . .«

»Hör auf! Ich weiß! Herrgott, das habe ich mindestens schon hundertmal gehört. Ich sagte dir doch, es hätte keinen Sinn, sich an sie zu wenden.«

»Ist das der einzige Grund, weshalb du nicht mit ihr sprechen wolltest?«

Sein Atem ging schnell und flach. Er schüttelte so heftig den Kopf, als wolle er seine Gedanken klären. »Ist doch egal«, sagte er. »Das einzige, was hier zählt, ist deine Sicherheit.«

»Um meine Sicherheit mache ich mir keine Sorgen«, entgegnete sie nicht ganz aufrichtig.

»Na schön, wenn du dir schon deinetwegen keine Gedanken machst, dann solltest du dich wenigstens um Muldoon sorgen.«

Ihr Magen schnürte sich zusammen. »Was ist mit Muldoon?«

»Weißt du denn nicht, was mit Sandras Katze passierte?«

»Doch, der Sheriff hat es mir gesagt. Aber um Muldoon brauche ich mich nicht zu ängstigen. Er ist nämlich nicht hier.«

»Was?« Verdutzt blickte er um sich. »Wo ist er denn?«

»Ich habe ihn in Pflege gegeben. Wenn alles vorbei ist, hole ich ihn zurück.«

»Dann nimmst du die Geschichte also doch ernst!«

»Ich will nur kein Risiko eingehen. Unser unbekannter Spaßvogel hat vielleicht weniger Hemmungen, eine Katze umzubringen als

einen Menschen.«
»Darauf würde ich mich nicht verlassen. Wo steckt Muldoon denn jetzt? Bist du auch sicher, daß ihm nichts passieren kann?«
»Ich bin mir vollkommen sicher. So sicher, wie man nur sein kann.«
»Wo ist er? Hast du ihn in eine Tierpension gegeben?«
Sie schüttelte den Kopf. »Je weniger Leute Bescheid wissen, umso besser.«
Er setzte zu einem nervösen Nicken an, als wollte er ihr zustimmen, doch abrupt hielt er inne und blinzelte. Eine tiefe Furche zeigte sich auf seiner Stirn.
»Traust du mir nicht?« Ein Unterton von Spott mischte sich in seine Stimme. Seine Augen verengten sich zu schmalen Schlitzen. »Du vergißt wohl, daß *ich* in diesem Spiel das Opfer bin.«
»Das vergesse ich keineswegs, Martin. Hör mal . . .«
»Dan weiß doch sicher Bescheid, nehme ich an.«
»Stimmt, er weiß es. Aber er ist auch der einzige.«
»Hat er den Kater zu sich genommen?«
»Nein! Hör mal, ganz gleich, wie dumm sich das anhört, aber mit Muldoon werde ich kein Risiko eingehen.«
Er verfiel abermals in Schweigen. Während er sie ansah, glättete sich seine Stirn, und sein Ärger verflog.
»Also gut«, meinte er, »tu, was du für richtig hältst.«
»Komm, Martin, sei doch nicht gleich eingeschnappt. Das darfst du nicht persönlich nehmen. Ich habe es nicht einmal dem Sheriff erzählt.«
»Ich bin nicht eingeschnappt. Ich verstehe dich voll und ganz.« Plötzlich lächelte er, seine Mundwinkel zogen sich nach oben, und das Gesicht sah gleich viel weicher aus. »Wenn ich schon mal hier bin, kann ich dir gleich noch eine andere Frage stellen.«
Froh darüber, daß sich seine Laune offenbar gebessert hatte, erwiderte sie das Lächeln. »Schieß los. Was willst du wissen?«
»Wie sind die Aufnahmen geworden, die Dan damals von dir machte? Kann man die Kassette schon in der Bibliothek ausleihen?«
Sie blinzelte verstört. Die Kassette mit den Aufnahmen, die Dan bei der Wohltätigkeitsveranstaltung gemacht und ihr dann geschenkt hatte, hätte sie beinahe vergessen.

»Sie ist noch nicht auszuleihen«, entgegnete sie. »Das hatte ich ganz vergessen. Woher weißt du eigentlich davon?«
»Ich war doch dabei, als er die Aufnahmen machte. Und Dan hat mindestens jedem zweiten, der in unser Büro kam, auf die Nase gebunden, daß er die Kassette der Bibliothek gestiftet hat.«
»Ach ja?« Sie fühlte sich geschmeichelt, gleichzeitig ärgerte sie sich über Dans Schwatzhaftigkeit, mit der er für sie Reklame machte. »Zum Glück hat ihn keiner ernstgenommen. Bis jetzt war jedenfalls noch niemand in der Bibliothek, um sich die Kassette auszuleihen.«
»So? Aber ich möchte sie gern haben. Kann ich sie mir leihen?«
»Sie ist noch gar nicht in der Bibliothek. Sie muß hier irgendwo rumliegen.«
»Um so besser. Dann nehme ich sie gleich mit. Auf die Aufnahmen bin ich wirklich gespannt.«
Sie lächelte verlegen. »Ich auch. Ich habe sie nämlich selbst noch nicht gehört. Wer weiß, vielleicht bringe ich die Kassette gar nicht erst in die Bücherei, egal, ob Dan sie gestiftet hat oder nicht.«
»Wir können sie uns doch zusammen anhören. Wenn man Dan glauben darf, dann ist an dir ein Schlagerstar verlorengegangen.«
»Dan hat einen großen Mund und ein kleines Gehör«, gab sie lieblos zurück. »Aber wenn es dich wirklich interessiert . . .« Und wenn es dich für ein Weilchen bei Laune hält und von unserem sadistischen Nachbarn mit dem Sinn für schwarzen Humor ablenkt, setzte sie unausgesprochen hinzu.
»Sehr sogar.«
»Na schön. Aber sage bitte nicht, ich hätte dich nicht gewarnt.«
Bevor sie aus dem Zimmer ging, deutete sie auf die vollbeladene Couch. »Mach dir Platz. Ich werde mal sehen, ob ich das Ding irgendwo finden kann.«
Es dauerte eine Minute, bis sie die Kassette aus einer Schreibtischschublade ihres Arbeitszimmers hervorkramte, wo sie sie vermutlich an jenem Abend verwahrt hatte.
Val lief ins Wohnzimmer zurück und schob sie in den Recorder.
Während ihrer kurzen Abwesenheit hatte Martin sich wieder vor das Fenster gestellt und starrte hinaus. Draußen war es jetzt fast dunkel. Er konnte also nichts sehen, höchstens sein eigenes Spie-

gelbild. Daß sie zurückkam, schien er gar nicht zu bemerken.
»Hoffentlich willst du nicht das ganze Band hören«, meinte sie, den Finger schon auf der Einschalttaste.
Beim Klang ihrer Stimme wurde Martin ruckartig aus seiner Versunkenheit gerissen. Mit einer jähen Bewegung drehte er sich zu ihr um. Er sah ernst aus. Auf seiner Stirn stand eine steile Falte.
»Das ganze Band?«
»Ja. Ich glaube, Dan hat beide Seiten bespielt, das heißt also, daß ungefähr neunzig Minuten drauf sind. Und das meiste kennst du ja schon von unserer Feier her – und zwar in besserer Wiedergabe.«
»Ach ja, das Band. Entschuldige, ich war mit meinen Gedanken ganz woanders.« Er machte einen verstörten Eindruck.
»Das hab ich gemerkt. Wir hören uns also nur ein paar Stichproben an?«
Er nickte mit unbewegtem Gesicht.
Sie drückte auf den Knopf.
Nach wenigen Sekunden ertönte aus dem Lautsprecher der erste Gitarrenakkord. Es klang dünner und blecherner, als sie es von der Probe, die Dan ihr damals vor der Feier im Auto vorspielte, in Erinnerung hatte.
»Doch nicht so gut, wie ich dachte.« Sie zuckte mit den Schultern. »Ich nehme das Band lieber nicht mit in die Bücherei. Die Leute sollen nicht denken . . .«
Mitten im Satz stockte sie, als zur Gitarre eine Stimme einsetzte. Es war ein dünner, brüchiger Sopran.
Im ersten Augenblick überlegte sie, ob am Recorder vielleicht etwas kaputt sei. Womöglich lief das Band zu schnell. Sie hatte sich selbst zwar nur einmal gehört, aber sie wußte, daß ihre Stimme um eine, wenn nicht gar zwei Oktaven tiefer lag.
Plötzlich packte sie das kalte Grauen. Ihre Hand schoß vor, drückte auf die Austaste und dann auf den Knopf, der die Verriegelung aufhob. Die Tür des Recorders klappte auf.
Sie riß die Kassette heraus und hielt sie unter das Licht.
Es war dieselbe Kassette. Dans krakelige Blockbuchstaben füllten beide Seiten. »Valerie Hamilton.« Und darunter »Internationale Folklore und Schlager«.
»Seltsam«, meinte sie verblüfft. »Das verstehe ich nicht. Das ist

die Kassette, aber nicht meine Stimme.«
»Ich weiß.« Martin sprach sehr leise. Er stand mitten im Zimmer, das Gesicht wie versteinert. »Ich weiß. Das war die Stimme meiner Frau. Das war Sandra.«

## 11

Einen Augenblick lang, der kein Ende zu nehmen schien, war Val wie erstarrt. Sandras Name hallte wie ein Echo in ihrem Kopf wider. Als der erste Schreck abklang, machte sich eine Mischung aus Furcht und Groll in ihr breit.
Alles andere – der Brief, die Brosche, bis zu einem gewissen Grad sogar die Telefonanrufe – hatte sie nur oberflächlich berührt. Martin war die Zielscheibe dieser Angriffe, nicht sie. Doch dies hier – das Löschen ihrer eigenen Stimme und das Überspielen mit einer anderen – der Stimme einer Frau, die seit fünf Jahren tot war, ging ihr unter die Haut.
Mit einem Schlag fühlte sie sich persönlich betroffen – und es jagte ihr eine panische Angst ein.
Der all diese Dinge inszenierte, ganz gleich, ob er Martin damit schaden wollte oder nicht, beabsichtigte mehr, als bloß gewisse Ereignisse vor fünf Jahren nachzuvollziehen. Alles zielte darauf ab, daß Sandra selbst wieder aus ihrem Grab auferstehen sollte. Durch schiere Einbildungskraft oder irgendeinen makabren Hokuspokus versuchte er, Val in Sandra zu verwandeln.
So wie die Stimme auf dem Band, Vals Stimme, sich wie durch Hexerei in Sandras verwandelt hatte.
In Vals Kopf jagten sich die Gedanken. Konnte es sein, daß Martin recht hatte? Hatte jemand sie vorsätzlich nach Hazleton gelockt, nur weil sie Sandra ähnlich sah? Und war diese Person dieselbe, die Sandra ermordet hatte?
Und was geschah, wenn sie in der Einbildung dieses Irren tatsächlich zu Sandra wurde?
Wie würde er sich dann verhalten?

*Während er beobachtete, wie Forster das Haus dieser Frau verließ, kämpf-*

*ten in ihm die widerstreitendsten Gefühle. Er schwankte zwischen wilder Hoffnung und Enttäuschung. Eines stand fest, Sandras Stimme auf dem Band hatte Forster bis in die Grundfesten erschüttert.*
*Trotzdem würde das noch nicht genügen.*
*Und sie weigerte sich immer noch, Forster von den Anrufen zu erzählen.*
*Er mußte weitermachen. Er mußte Forster noch stärker unter Druck setzen.*
*Wenn doch bloß die Katze nicht aus dem Haus gebracht worden wäre! Aber sie war außer seiner Reichweite, und es bestand kaum eine Möglichkeit, ihren Aufenthaltsort festzustellen.*
*Nachdenklich blickte er auf das Haus. Doch er kam zu dem Schluß, daß es nicht nur zwecklos, sondern überdies gefährlich wäre, an einem der Fenster zu lauschen. Vermutlich rief sie bereits den Sheriff an.*
*Nein, es mußte einen anderen Weg geben. Jetzt kam es darauf an, festzustellen, wo sie die Katze versteckt hielt und Forster so zu bearbeiten, daß er im kritischen Zeitpunkt das Richtige tat.*
*Es mußte einen anderen Weg geben.*
*Jetzt konnte er nicht mehr aufgeben, jetzt nicht mehr, wo der Erfolg zum Greifen nahe war . . .*

Val konnte weder Dan noch Sheriff Lawrence telefonisch erreichen. Bei Dan meldete sich niemand, und Mrs. Lawrence sagte ihr, ihr Mann sei dienstlich unterwegs. Sie unterdrückte ihre Enttäuschung und bat Mrs. Lawrence, ihrem Mann auszurichten, er solle zurückrufen.
Wenigstens Katherine Roberts meldete sich gleich nach dem ersten Klingeln.
»Val? Es ist doch hoffentlich nichts passiert?«
»Martin war gerade hier.« Sie schilderte ihre Entdeckung mit dem Band.
Katherine ließ einen erschrockenen Ausruf ertönen. »Eines steht jedenfalls fest. In Ihrem Haus hat sich ein Fremder rumgetrieben.«
»Sieht ganz so aus. Und es muß vor gar nicht langer Zeit gewesen sein.«
»Haben Sie sich schon mit dem Sheriff in Verbindung gesetzt?«
»Ich konnte ihn nicht erreichen. Aber ich werde natürlich mit ihm sprechen.«
»Vielleicht sollten Sie Martins Angebot, Ihnen einen Leibwächter

zu stellen, doch annehmen.«
»Ich werd's mir durch den Kopf gehen lassen. Solange verschließe ich beide Türen mit einer Kette.«
»Haben Sie irgend eine Waffe, mit der Sie sich notfalls verteidigen könnten? Wenn nicht, dann . . .«
»Ich habe eine mit Ammoniak gefüllte Wasserpistole. Wie ich gehört habe, scheint das recht wirksam zu sein.«
»Ist es auch«, räumte Katherine ein. »Vorausgesetzt, die Lösung ist stark genug.«
»Hört sich an, als hätten Sie damit Erfahrung.«
»Ich nicht, aber meine Freundin in Atlanta hat es ausprobiert. Es hat sie einmal davor bewahrt, vergewaltigt zu werden. Aber Sie müssen vorsichtig damit umgehen.«
»Kann ich mir denken. Nicht direkt ins Gesicht zielen. Die Brust genügt auch.«
»Stimmt, wenn die Ammoniaklösung in die Augen kommt, kann man davon blind werden. Aber ich meine etwas anderes. Sie müssen aufpassen, daß Sie die Dämpfe nicht einatmen.«
»Also abdrücken und weglaufen?«
Katherine lachte. »Genau so.«
»Danke für den Tip. Ach so, weshalb ich eigentlich anrief, es handelt sich um Muldoon.«
»Sagen Sie bloß, Sie wollen ihn wieder zu sich holen? Nach dem, was passiert ist . . .«
»Nein, nein, nichts dergleichen. Ich wollte Ihnen nur eine kleine Warnung zukommen lassen. Wenn dieser Mensch in mein Haus eingedrungen ist, dann kann er doch ohne weiteres auch bei Ihnen einbrechen.«
»Darüber machen Sie sich keine Gedanken. Wir passen schon gut auf. Ich hoffe doch, Sie haben niemandem erzählt, wo Muldoon jetzt steckt.«
»O nein. Ich hab's nicht mal dem Sheriff gesagt. Aber wenn dieser Kerl mein Haus beobachtet hat und zufällig mitkriegt, wie wir Muldoon zu Ihnen brachten, dann . . .«
»Dann weiß er natürlich Bescheid. Er könnte auch gesehen haben, wie Sie uns heute besuchten.«
»Möglich wär's. Und ich möchte Ihnen keine Ungelegenheiten bereiten.«

»Das tun Sie nicht. Ich sagte Ihnen schon, machen Sie sich wegen des Katers keine Gedanken.«
Das war leicht gesagt. Val hängte ein und überlegte. Es bedrückte sie, daß sie wegen Muldoon die Roberts womöglich noch in Gefahr brachte. Andererseits widerstrebte es ihr, darauf zu bestehen, das Tier zurückzuholen. Natürlich hätte sie ihn auch in eine Tierpension geben können, aber dort hielt sich nachts niemand auf und es wäre eine Kleinigkeit, einzubrechen und Muldoon herauszuholen. Ihr blieb nichts weiter übrig als zu hoffen, daß der Unbekannte nicht wußte, wo sich der Kater zur Zeit aufhielt. Oder daß er doch nicht so sadistisch war, wie sie befürchtete.
Sie wollte nach dem Hörer greifen, um es noch mal bei Dan zu probieren, als das Telefon läutete. Ihr erster Gedanke war, das ist der Sheriff. Sie nahm ab.
»Hallo?«
»Miss Hamilton?«
»Ja. Spreche ich mit Sheriff Lawrence?«
»Ach, Entschuldigung. Wenn Sie einen Anruf erwarten, dann kann ich ja später noch mal . . .«
»Nein, nein, schon gut. Mit wem spreche ich?«
»Earl Winters. Erinnern Sie sich noch? Wir trafen uns letzte Woche. Als Ihr Auto streikte.«
»Na klar erinnere ich mich. Wie geht's Ihnen?«
»Danke, gut. Und Ihnen? Oder besser gesagt, was macht Ihr Wagen? Sie sagten doch, Sie wollten ihn zur Inspektion vorbeibringen.«
Sie mußte lachen. Brauchte Winters so nötig Kunden, daß er sie am Sonntag abend anrief? »Bis jetzt fährt er noch, Gott sei Dank. Aber Sie haben natürlich recht, ich hatte wirklich vor, Ihnen demnächst das Auto zu bringen. Übrigens habe ich über Ihre Werkstatt Erkundigungen eingezogen und nur Lobenswertes gehört. Ich bringe Ihnen also auf jeden Fall den Wagen.«
»Dann bringen Sie uns den Wagen also Ende der Woche?«
»Ist gut. Sollen wir sagen – Freitag?«
»Das paßt mir. Mit dem Bezahlen können Sie sich ruhig Zeit lassen. Hier bei uns nimmt man das nicht so genau. Wenn Sie den Wagen bei uns lassen, kann ich Sie hinterher zur Bibliothek fahren, wenn Sie wollen.«

»Das wäre wirklich sehr nett. Jetzt sagen Sie mir bitte noch die Adresse Ihrer Werkstatt.«
Er nannte ihr die Straße.
»Vorausgesetzt, es bietet sich keine andere Fahrgelegenheit, nehme ich Ihr Angebot an, mich in die Bibliothek zu bringen. Ihre Werkstatt scheint ja ziemlich weit draußen zu liegen.«
»Ungefähr eine Meile von der Innenstadt entfernt. Ich fahre Sie gern zurück. Und abends kann ich Sie auch abholen und nach Hause bringen.«
»Gehört das zu Ihrem persönlichen Service? Werden alle Kunden bei Ihnen so zuvorkommend bedient?«
Er zögerte kurz. »Nein, nur nette Bibliothekarinnen, denen man böse Streiche spielt. Was ich noch fragen wollte – sind Sie in irgendeiner Hinsicht noch weiter belästigt worden?«
»Wie kommen Sie darauf?«
»Entschuldigung. Geht mich ja nichts an. Aber mir war da etwas aufgefallen. An Ihrem Auto kam mir etwas seltsam vor.«
»Was denn?«
»Ich will Ihnen keine Angst machen, aber ich schließe nicht aus, daß jemand absichtlich am Motor herumgefummelt hat, damit der Wagen stehenbleibt.«
Das unbehagliche Gefühl kehrte zurück. Mit einem Mal fröstelte sie. Sie versuchte sich zu erinnern, ob sie nach Martins Besuch auch die Kette wieder vorgelegt hatte.
»Haben Sie etwas Konkretes entdeckt?«
»Das wäre zuviel gesagt. Es ist mehr nur so eine Ahnung. Und da Sie ja erwähnten, daß man Ihnen diesen häßlichen Streich gespielt hat, dachte ich mir, ich mache Sie besser darauf aufmerksam.« Seine Stimme ebbte ab, so als schämte er sich für seine Vermutung.
»Könnten Sie es mit Bestimmtheit sagen, wenn Sie sich meinen Wagen noch mal angucken?« fragte sie.
»Das bezweifle ich. Ich meine, Ihr Wagen ist nicht mehr der neueste, er hätte also auch so stehenbleiben können. Allerdings ist es kein Kunststück, so an einem Motor herumzubasteln, daß der Wagen zwar noch ein Stückchen fährt, aber irgendwann mal die Puste verliert. So etwas läßt sich schlecht nachprüfen.« Wieder ein kurzes Zögern, dann meinte er: »Sie scheinen ja nicht sehr

überrascht zu sein. Hatten Sie selbst schon daran gedacht?«
»Nicht unbedingt«, erwiderte sie ausweichend. Offenbar klang sie nicht überzeugend genug, denn er bohrte weiter: »Es ist doch noch mehr passiert, stimmt's?«
»Wie kommen Sie darauf?« gab sie zurück. »Was könnte Ihrer Ansicht nach denn noch passiert sein?«
»Sie hätten zum Beispiel ein paar Anrufe erhalten können, so wie Sandra Haynes – ich meine Sandra Forster – sie bekommen hat. War das so?«
»Und wenn ja, was dann?«
»Lieber Gott, Miss Hamilton! Ich will Ihnen doch nur helfen! Verstehen Sie das denn nicht?«
Val schwieg eine Weile. Sie haderte mit sich. Einerseits ärgerte sie sich über seine Beharrlichkeit, zum anderen war sie wütend auf sich selbst, weil sie es nicht über sich brachte, ihm zu trauen.
»Also gut«, räumte sie ein. »Ich bin tatsächlich angerufen worden.«
»Sehen Sie, das dachte ich mir! Waren es ähnliche Anrufe, wie Mrs. Forster sie erhalten hatte?«
»So ungefähr.«
»Aber . . .?« drängte er.
»Etwas ausgeschmückter.«
Kurzes Schweigen, währenddessen Winters die Information zu verdauen schien. Dann wollte er wissen: »Haben Sie eine Ahnung, warum man Ihnen so was antut? Können Sie sich einen Grund vorstellen? Waren die Anrufe irgendwie aufschlußreich?«
»Ich kann mir nur denken, daß hier jemand einen Streich spielt.«
»Meinen Sie, man spielt Ihnen einen Streich?«
»Ich nehme an, daß das Ganze gegen Martin Forster gerichtet ist. Irgendwo gibt es einen Menschen, der ihm eins auswischen will. Und mich benutzt er nur als Mittel zum Zweck.«
»Sind Sie auch sicher, daß es gegen Martin geht? Könnten nicht Sie selbst das Ziel sein? Vielleicht haben Sie sich einen Feind geschaffen, wer weiß? Vielleicht dient das ganze Drum und Dran nur als Tarnung.«
»Als Tarnung für was? Ich weiß, daß ich mich bei bestimmten Leuten unbeliebt gemacht habe, aber ich kann mir beim besten Willen nicht vorstellen, daß Edna Plover sich zu dieser Art Scha-

bernack hinreißen ließe.«
»Edna Plover?«
»Das ist eine lange Geschichte.« So knapp wie möglich schilderte sie ihm ihren Zusammenstoß mit Edna Plover und ihrem literarischen Zirkel. »Egal, wie wütend sie auf mich ist«, schloß sie, »als Anrufer kommt sie nicht in Frage. Der Stimme nach handelt es sich mit Sicherheit um einen Mann. Und wenn ich Sie jetzt schon mal am Telefon habe, könnten Sie mir vielleicht mal mit heiserer Stimme etwas zuflüstern?«
»Wie bitte?«
»Sie interessieren sich so für diesen Witzbold, vielleicht sind Sie es selbst. Flüstern Sie mal etwas – meinetwegen Sandras Namen – damit ich die Stimmen vergleichen kann.«
»Ich finde, Sie nehmen die Angelegenheit zu sehr auf die leichte Schulter«, erwiderte er gereizt.
»Da täuschen Sie sich. Ich nehme die Sache sogar immer ernster. Und falls Sie einen Verdacht haben, wer hinter diesem Streich steckt, dann sagen Sie es mir ruhig. Kennen Sie jemand, der Martin so haßt, daß er ihm das antun würde?«
Sie hörte, wie er den Atem einzog. Dann sagte er halblaut: »Was halten Sie von Sandras Schwester? Sie glaubt doch, daß Martin sie selbst umgebracht hat.«
»Hmm, ich weiß. Das hat sie mir ins Gesicht gesagt. Ich war nämlich bei ihr. Aber der Anrufer ist ein Mann – jedenfalls der Stimme nach zu urteilen. Fällt Ihnen sonst noch jemand ein, dem das zuzutrauen wäre?«
»Kein einziger. Aber ich glaube trotzdem – Hören Sie, weshalb sind Sie sich denn so sicher, daß Martin das Opfer des Streiches ist? Warum nicht Sie selbst? Ich meine, immerhin sind die Drohungen doch gegen Sie gerichtet, und nicht gegen Martin!«
Plötzlich fiel ihr ein Satz ein, den der Anrufer ihr ins Ohr geraunt hatte; ein einziger Satz, der alles andere in den Hintergrund rückte: ›Ihm wird nichts passieren.‹
Sie hatten über Martin Forster gesprochen, und der Fremde hatte geflüstert: ›*Ihm* wird nichts passieren.‹
Erst jetzt ging ihr auf, daß mit keiner Silbe die Rede davon war, daß *ihr* nichts passierte.

Als Val ihr Gespräch mit Earl Winters beendet hatte, stand Sheriff Lawrence vor ihrer Haustür. Er hatte versucht, sie anzurufen, sei dann aber rasch herübergefahren, da ihre Leitung ständig besetzt war. Gleichzeitig wollte er ihr das Aufnahmegerät mit dem Spezialmikrophon bringen.
»War das Anruf Nummer drei?« erkundigte er sich als erstes.
»Nein, das war bloß Earl Winters.« In groben Zügen gab sie ihm das Wesentliche des Gesprächs wieder.
»Wissen Sie was, er hat recht«, fand Lawrence. »Sie sind ja wirklich diejenige, die bedroht wird. Ganz gleich, was es kostet, noch eine Drohung und ich stelle Sie unter Polizeischutz. Heute nacht soll Harry alle halbe Stunde an Ihrem Haus vorbeifahren.«
Seine Miene verfinsterte sich zusehends, als sie ihm die Geschichte mit dem Band erzählte. »Er soll alle Viertelstunde bei Ihnen vorbeifahren«, entschied er. »Und Sie – achten Sie ja darauf, daß Ihre Türe auch mit der Kette abgesichert ist.«
»Keine Sorge. In den letzten Tagen habe ich mir angewöhnt, die Kette immer vorzulegen, und das werde ich auch weiterhin tun.« Die ammoniakgefüllte Wasserpistole erwähnte sie nicht.
Zweifelnd blickte er auf die Kassette, die neben dem Recorder lag. »Wahrscheinlich haben Sie und Forster sämtliche Fingerabdrücke verwischt, die drauf waren.«
Sie mußte ihm recht geben, trotzdem steckte er die Kassette ein. Als sie beiläufig ins Gespräch einfließen ließ, daß sie Dan noch nicht erreichen konnte, winkte er ab.
»Lassen Sie das lieber. Ich will zuerst mit ihm sprechen.«
Sie zog die Stirn kraus. »Was haben Sie vor?«
»Das weiß ich noch nicht genau. Auf jeden Fall werde ich aufpassen, wie er reagiert, wenn ich ihm die Kassette unter die Nase halte.«
»Sie glauben doch nicht etwa, daß er etwas damit zu tun hat?«
Lawrence machte eine hilflose Geste. »Er ist derjenige, der das Band aufgenommen hat, vergessen Sie das nicht. Im Augenblick verdächtige ich jeden – außer mich selbst –, und ich rate Ihnen dasselbe zu tun.«
Folglich hielt sie den Mund. Sie versuchte gar nicht erst, Dan

noch einmal anzurufen, denn ihr schwante, daß er sie sofort durchschauen würde. Nur dem Zufall hatte sie es zu verdanken, daß sie ihm bis jetzt noch nichts von den Anrufen erzählt hatte. Sie wußte, sie würde es nicht fertigbringen, ihn zu belügen.

Am nächsten Morgen rief man sie vom Fernmeldeamt aus in der Bibliothek an, um sich bei ihr die Bestätigung einzuholen, daß jedes hereinkommende Telefongespräch festgehalten werden sollte.

»Das geht alles automatisch«, erklärte ihr die Telefonistin. »Sie brauchen uns nicht von jedem Anruf, den Sie erhalten, in Kenntnis zu setzen, und es ist auch nicht nötig, daß Sie die Gespräche absichtlich lange ausdehnen. Unser Computer erledigt alles und hält von jedem Telefongespräch die genaue Zeit und den Apparat, von dem aus es geführt wurde, fest.«

Der Tag verging mit viel Arbeit. Außerdem legte Val sich die günstigste Taktik zurecht, mit der sie Edna Plovers Angriff begegnen wollte. Katherine vermutete, daß Mrs. Plover mit zahlreichem Gefolge anwesend sein würde, um dem Vorstand ordentlich einzuheizen, vor allen Dingen Val.

Noch ließ sich gegen Val nicht viel vorbringen, aber wenn sie falsch reagierte, konnte die Stimmung leicht umschlagen. Ein Wort zuviel oder eine bissige Bemerkung waren unter Umständen dazu angetan, Edna Plover ein paar Pluspunkte einzubringen, das letzte, woran Val gelegen war.

Andererseits konnte sie sich nicht blind und taub stellen und Edna Plovers Angriffe einfach ignorieren. Sie war kein zu unterschätzender Gegner.

Am späten Nachmittag schlugen Vals Gedanken eine andere Richtung ein. Offenbar hatte der Sheriff Dan Richards in seinem Büro besucht und ihm ohne jede Vorwarnung das mysteriöse Band vorgespielt.

Nach Abklingen der ersten Überraschung hatte Dan bestätigt, daß die Beschriftung auf der Kassette tatsächlich von ihm stammte. Dann war er, ohne auf seinen Chef Rücksicht zu nehmen, aus dem Büro gestürmt, um Val aufzusuchen und sie zur Rede zu stellen, weshalb sie ihm weder von dem Band noch von den Telefonanrufen erzählt hatte.

So gut es ging, versuchte sie, ihn zu beschwichtigen. »Je weniger Aufmerksamkeit wir diesem Kerl schenken, um so eher hört er von selbst damit auf. Aufsehen erregen, sich wichtig machen, das ist es doch, worauf es diesen Leuten ankommt.«
Doch als Dan wieder ging, hatte er sich immer noch nicht beruhigt.
»Wenn das noch lange so weitergeht«, warnte er sie beim Abschied, »dann ernenne ich mich selbst zu deinem Leibwächter, ob es dir paßt oder nicht!«
»Und ich könnte glatt damit einverstanden sein«, murmelte sie zu sich selbst, bevor sie sich erneut den Vorbereitungen für den kommenden Abend widmete.

Die Versammlung des Bibliotheksvorstandes fand in einem ehemaligen Klassenzimmer statt. Über eine Wand erstreckte sich noch die grüne Tafel.
Die drei Vorstandsmitglieder, in der Mitte Katherine Roberts, hatten vor der Tafel an einem langen Holztisch Platz genommen. Auf dem Tisch standen Wassergläser und lagen Notizblöcke. Mit betont neutraler Miene überblickte Katherine den halbgefüllten Raum. Ihre Finger ruhten leicht auf dem runden Briefbeschwerer aus Metall, mit dem sie zu Anfang einer jeden Sitzung auf den Tisch zu klopfen pflegte, um sich Gehör zu verschaffen.
Die beiden Herren rechts und links neben ihr waren Cecil Walters – kahl und rundlich, und Harvey Alber, schmal und verkniffen. Er malte nervös Strichmännchen auf seinen Block.
Mit soviel Echo hatten sie wohl nicht gerechnet, fand Val, die in der Tür stand und einen ersten Blick in den Versammlungsraum warf. Doch nachdem Edna Plovers giftiger Zeitungsartikel in der Nachmittagsausgabe der *Tribune* erschienen war, hatte man mit einigem Andrang rechnen müssen. Val konnte nur hoffen, daß die meisten der Anwesenden ihr wohlgesonnen waren.
Edna Plover bildete mit sechs Leuten ihrer Gruppe die Phalanx in der ersten Stuhlreihe. Die meisten davon kannte Val aus ihrer Zusammenkunft in dem teuren Restaurant her.
Verteilt im Raum saßen noch ungefähr zwanzig Personen, fast alle regelmäßige Besucher der Bibliothek, obwohl sie die meisten nur vom Sehen kannte. Am Ende einer Stuhlreihe, ganz in der

Nähe der Tür, erspähte sie Sharon, Katherines Tochter, die sich umdrehte und ihr zuwinkte.
Val winkte zurück und ging auf das Mädchen zu. Dabei entdeckte sie in der hintersten Reihe noch zwei vertraute Gesichter. Der eine war Pete Driscol, ein rüstiger Achtzigjähriger, der pünktlich wie die Uhr jeden Montagmorgen in die Bibliothek kam, sieben Bücher zurückbrachte und sich sieben neue auslieh. Val hob grüßend die Hand.
Der andere Mann, der ein paar Plätze weiter weg saß, war Earl Winters. Auf ihren Gruß hin lächelte er und zuckte mit den Schultern, wie um anzudeuten, daß er selbst nicht recht wisse, was er bei dieser Versammlung zu suchen habe.
Als Val, die einen bieder geschnittenen Hosenanzug trug, sich neben Sharon niederließ, stand plötzlich Katherine auf und kam forschen Schrittes auf sie zu. Edna Plovers argwöhnische Blicke, durch den Gazeschleier ihres fantastischen Kopfputzes nur unzureichend verborgen, folgten jeder ihrer Bewegungen.
Katherine strich sich den grauen Faltenrock glatt und setzte sich auf den freien Stuhl vor Val. Sie beugte sich über die Rückenlehne und tuschelte ihr zu: »Haben Sie Ednas Armee in der ersten Reihe gesehen, Val?«
»Habe ich. Sie scheint ja sämtliche Streitkräfte mobilisiert zu haben. Und sagen Sie jetzt bitte nicht, Sie hätten mich nicht gewarnt.«
Schmunzelnd beugte sich Katherine noch weiter zu ihr. »Ich glaube nicht, daß Sie sich Sorgen machen müssen. Aber ich habe den unbestimmten Verdacht, als ob Edna heute abend den Antrag stellen wird, Sie aus der Bibliothek zu entlassen. Als Grund wird Ihre Bücherliste herhalten.«
»Hat sie Ihnen gegenüber eine Andeutung gemacht?«
»Edna selbst nicht. Aber im Flur sprach ich mit ein paar Leuten ihrer Gruppe und da fielen so ein paar Anspielungen. Ich sag's Ihnen nur, damit Sie sich auf alles gefaßt machen.«
»Danke für den Hinweis. Aber wie ich sehe, habe ich auch ein paar Freunde im Saal.« Sie deutete auf die beiden Männer in der letzten Reihe. »Im übrigen«, fügte sie ergrimmt hinzu, »habe ich mir den ganzen Tag lang den Kopf zerbrochen, ob es für mich einen diplomatischen Weg gibt, die andere Wange hinzuhalten,

ohne auch nur einen Zoll von meinem Standpunkt abzuweichen.«
»Sie reden wie ein Politiker«, meinte Katherine lächelnd.
»Von denen kann man viel lernen.« Val warf einen Blick auf die vorderste Reihe. »Wenn man Blicken trauen darf, dann wird Mrs. Plover gleich nicht nur meine, sondern auch Ihre Entlassung fordern. Sie durchbohrt Sie geradezu mit ihren Blicken.«
»Soll sie doch. Solange sie mich nur anstarrt, kann sie ruhig ihren Spaß daran haben. Haben Sie eigentlich schon herausgefunden, was das mit diesem merkwürdigen Band auf sich hatte?«
»Es hat sich noch nichts Neues ergeben. Jemand muß mir die Kassette gestohlen und sie mit Sandras Stimme überspielt haben.« Unwillkürlich schauderte sie. »Wie ich Ihnen schon gestern abend sagte, ich lege immer die Kette vor die Tür und halte die Pistole mit dem Ammoniak griffbereit.«
»Kann ich mir vorstellen. Mein Mann und ich haben uns über die Sache unterhalten. Wir finden beide, Sie sollten für die nächste Zeit zu uns ziehen.«
»Ach ja, kommen Sie doch zu uns!« drängte Sharon und legte ihr die Hand auf den Arm. »Wir haben ein schönes Zimmer, das die meiste Zeit leersteht, seit Hal aufs College gegangen ist.«
Hal Roberts war Sharons älterer Bruder.
Mechanisch schüttelte Val den Kopf, obwohl ihr bei der herzlich gemeinten Einladung warm ums Herz wurde. »Vielen Dank, aber das wären doch zu viel Umstände. Vor allen Dingen hat das Fernmeldeamt jetzt einen Computer mit meinem Apparat gekoppelt, damit man feststellen kann, von welchem Telefon aus die geheimnisvollen Anrufe geführt werden. Der Typ braucht nur noch einmal anzurufen, dann wissen wir, wer er ist.«
»Aber auch nur, wenn er von seiner Wohnung aus anruft«, hielt Sharon ihr entgegen.
»Das ist der Haken an der Sache. Aber selbst wenn er von einem öffentlichen Fernsprecher aus anruft, kämen die Ermittlungen schon ein Stück weiter. So viele Telefonzellen gibt es schließlich nicht in Hazleton. Im übrigen hat der Sheriff mir angedroht, mir einen Leibwächter zuzuweisen, wenn ich noch mehr Anrufe dieser Art kriege. Ach, ich habe keine Angst, es wird sich sicher alles in Wohlgefallen auflösen. Ich gebe zwar zu, daß ich etwas nervös bin, aber ich glaube nicht, daß mir ernsthaft etwas zustoßen

könnte. Einen Hausgast haben Sie ja schon, das genügt. Wie benimmt er sich übrigens?«
Katherine, die die Einladung mit ernstem Gesicht ausgesprochen hatte, deutete ein Lächeln an. Sie erhob sich. »Darüber unterhalten Sie sich besser mit meiner Tochter. Sie hat an Muldoon nämlich ihr Herz verloren. Er läuft ihr überallhin nach.« Sie beeilte sich, an ihren Tisch zurückzukommen.
»Stimmt das?« wollte Val wissen.
»Und ob. Ich glaube, letzte Nacht schlief er am Fußende meines Bettes.« Sie lachte. »Wenigstens war die Stelle heute früh warm und voller Katzenhaare. Und er saß vor der Tür und starrte mich an.«
»Schön, daß er sich so problemlos in die neue Umgebung einfügt.«
»Das tut er«, bekräftigte sie. »Obwohl ich glaube, daß er Sie vermißt.«
»Na, ich weiß nicht«, zweifelte Val. »Du darfst ihm keine menschlichen Gefühle andichten. Katzen schließen sich nicht so eng an Personen an wie Hunde. Ein Mensch, der sie streichelt und füttert, ist so gut wie der andere.«
Energisch schüttelte das Mädchen den Kopf. »Er vermißt Sie wirklich. Ich merke es ihm an.«
»Wer vermißt dich?« Die Stimme ertönte dicht an Vals Ohr. Sie drehte sich um. Auf dem Stuhl direkt hinter ihr saß Martin Forster und lächelte.
»Wir sprechen bloß über Muldoon, Mr. Forster«, erwiderte Sharon prompt.
»Habt ihr ihn in Pflege genommen?« erkundigte sich Martin.
Als Sharon schwieg und Val aus dem Augenwinkel erwartungsvoll ansah, mußte sie sich selbst zu einer Antwort bequemen. Sie seufzte auf. »Du hast es erraten, Martin. Und dabei wollte ich sein Versteck geheimhalten. Tu mir bitte den Gefallen und erzähle es niemandem weiter.«
Sein Lächeln erlosch und machte einer bedrückten Miene Platz. »Das hätte ich so und so nicht getan. Meinst du, ich könnte vergessen, was mit . . .« Er unterbrach sich. Nach kurzem Zögern setzte er von neuem an. »Keine Angst, Val. Ich werd's für mich behalten.«

»Was machst du eigentlich hier, Martin?« wunderte sich Val. »Ich dachte, heute abend fände die Sitzung der Baubehörde statt. Müßtest du nicht dabeisein und Lichtenwalter die Hand halten? Er ist doch wieder in Hazleton, oder?«
»Ja. Aber Dan vertritt mich.«
»Warst du denn nicht derjenige, der bis jetzt wegen des neuen Einkaufszentrums mit dem Mann zusammengearbeitet hat?«
»Doch. Aber die Besprechung mit der Baubehörde ist eine reine Routineangelegenheit.« Mit einem Seitenblick auf Sharon, die immer noch stumm dasaß, beugte er sich zu Val herüber. Er brachte die Lippen bis dicht vor ihr Ohr und flüsterte: »Kann ich dich für einen kurzen Moment allein sprechen?« Mit Blicken und einem kaum wahrnehmbaren Nicken deutete er an, daß er mit ihr auf den Flur hinausgehen wollte.
Val zog ihre Uhr zu Rat. Noch fünf Minuten, bis die Versammlung offiziell anfing. Sie nickte. »Ich bin gleich wieder zurück«, sagte sie zu Sharon. »Halt mir den Platz frei.«
Martin stand bereits in dem kümmerlich beleuchteten Korridor, als sie zu ihm trat.
»Was ist los?« In ihrer Stimme schwang eine Spur von Gereiztheit mit. Sie erinnerte sich an das erste Mal, als er sie zu einem Gespräch unter vier Augen auf den Flur hinausgebeten hatte. Bei dieser Gelegenheit hatte er ihr von ihrer Ähnlichkeit mit Sandra erzählt. Und dann die Sache von gestern abend . . .
»Seit gestern habe ich viel nachgedacht«, begann er.
»Nicht nur du. Ich auch.«
»Das will ich dir gern glauben. Ich bin zu dem Schluß gekommen, daß du in deinem eigenen Haus nicht mehr sicher bist. Der, der die ganze Sache inszeniert, muß mindestens zweimal in dein Haus eingedrungen sein, ohne daß du es bemerkt hast. Einmal um das Parfüm auszutauschen und die Anstecknadel zu deinem Schmuck zu legen, ein anderes Mal, um das Band zu überspielen.«
Sie spürte, wie die Angst ihr die Kehle zuschnürte, während sie den Kopf schüttelte. »Ich verwahrte das Band noch am selben Abend in der Schublade. Aber mir wird schon nichts passieren, wenn ich zu Hause bin. Vermutlich ist der ganze Spuk jetzt vorbei.« Und ohne Hemmungen log sie: »Im übrigen habe ich ja kei-

ne mysteriösen Anrufe bekommen. Wenigstens damit hat mich unser gemeinsamer Freund und Wohltäter verschont. Wenn du mit deiner Vermutung, dieser Mensch wolle Sandra sozusagen aus dem Grab wiederauferstehen lassen, recht hättest, dann müßte er mich längst angerufen haben.«
In seinem Gesicht arbeitete es. »Es spielt gar keine Rolle, ob dieser Mensch anruft oder nicht«, fand er. »Wichtig ist nur, daß du nicht das geringste Risiko eingehst. Ich weiß, daß du dich nachts verbarrikadierst, aber Schlösser kann man aufbrechen. Fenster kann man einschlagen.« Mit Nachdruck schüttelte er den Kopf. »Nein, ich habe hin und her überlegt. Du bist in diesem Haus nicht mehr sicher.« Seine Stimme klang entschlossen.
»Mach dir bloß keine Sorgen. Ich passe schon gut auf mich auf.«
Sie wandte sich zum Gehen, doch er hielt sie am Arm fest. Durch den Jackenstoff gruben sich seine Finger schmerzhaft in ihr Fleisch. »Du solltest woanders hinziehen«, riet er eindringlich. »Wenigstens vorläufig. Das ist das Vernünftigste, was du tun kannst.«
Sie wunderte sich, nicht nur, weil er ihren Arm so fest umklammert hielt, sondern auch über seinen Vorschlag. »Ich weiß zwar nicht, wie lange du schon hinter mir gesessen hast, aber vielleicht hast du gerade noch mitgekriegt, wie ich eine Einladung der Roberts' ausschlug. Ich könnte ohne weiteres eine Zeitlang bei ihnen wohnen. Wenn ich schon umziehe, dann bestimmt nicht zu dir.«
Einen Moment lang starrte er sie begriffsstutzig an, dann schüttelte er entschieden den Kopf. »So war das nicht gemeint, Val. Ich wollte dir nur ein Haus anbieten, das ich normalerweise vermiete, das jetzt aber leersteht. Du könntest dort wohnen, solange du willst. Mietfrei natürlich«, setzte er eilig hinzu. »Ich fühle mich für die ganze leidige Geschichte verantwortlich. Das mindeste was ich tun kann, ist nach Kräften verhindern, daß dir womöglich noch etwas zustößt.«
»Ich verstehe dich, Martin, und ich weiß deine Fürsorge zu schätzen. Aber ich sagte bereits, mir wird nichts passieren. Und jetzt muß ich aber schnell zurück. Die Versammlung fängt an.«
Anstatt sie daraufhin loszulassen, packte er sie höchstens nur noch fester. »Mir scheint, daß du den Ernst der Situation immer

noch nicht richtig einschätzt«, sagte er. »Ob dieser Mensch dich nun angerufen hat oder nicht, er sitzt immer noch irgendwo da draußen. Ehrlich gesagt finde ich sein Schweigen noch bedrohlicher, als wenn er angerufen hätte. Dann ginge er wenigstens nach einem System vor, du hättest einen zeitlichen Plan, auf den du dich einstellen könntest. Aber so . . .«
»Martin, ich bitte dich! Es hat gar keinen Zweck, weiter darüber zu diskutieren!« Sie kämpfte mit sich, ob sie ihm nicht die Wahrheit über die nächtlichen Anrufe ins Gesicht schleudern sollte. »Ich muß jetzt gehen! Sie warten auf mich.«
»Nein! Ich lasse dich nicht eher gehen, als bis du den Ernst der Lage begriffen hast!«
»Wir können uns später weiterunterhalten.«
»Du mußt doch einsehen, was passieren könnte . . .«
»Hör endlich auf damit, Martin! Paß auf, eigentlich wollte ich es dir nicht sagen, aber du zwingst mich ja buchstäblich dazu. Dieser Mensch hat angerufen! Zweimal! Er schilderte mir – in aller Ausführlichkeit – das Wochenende Sandras in Cincinnati und das in Indianapolis.«
»Wann . . .«
»Ist doch egal, wann!« fauchte sie. »Ich will damit nur sagen, daß er sich an einen Plan hält. Und wenn er noch mal anruft, dann haben wir ihn. Das Fernmeldeamt hat meinen Apparat mit einem Computer gekoppelt. Eine Fangschaltung. Er braucht also nur noch einmal anzurufen, dann ist die Sache geritzt. Du siehst also, daß du dir keine Sorgen zu machen brauchst. Und jetzt laß mich bitte los, damit ich in die Sitzung gehen kann.«
Seine Augen weiteten sich. »Das wußte ich nicht.« Er blinzelte nervös. »Aber ich finde immer noch, daß du sicherer wärst, wenn . . .«
»Mensch, hör auf!«
Mit einem Ruck riß sie sich von ihm los. Sie rückte ein Stück von ihm ab und musterte ihn prüfend. Martin machte einen total verstörten Eindruck. Beinahe bereute sie schon, daß sie sich von ihm dazu hatte provozieren lassen, mit den Anrufen herauszuplatzen. Immerhin war er genauso ein Opfer wie sie selbst.
»Geht's dir nicht gut?« fragte sie besorgt.
Er blinzelte wieder und schüttelte den Kopf. Er sah sie nicht an,

sondern sein unsteter Blick irrte durch den dämmrigen Korridor.
»Was ist?« fragte er. »Was hast du gesagt?«
»Ich fragte dich, ob's dir nicht gutginge. Hast du was?«
»Ich – ich weiß nicht«, stotterte er.
Ich hätt's ihm wirklich nicht sagen dürfen, fand sie. Laut sagte sie: »Tut mir leid, wenn ich dich vorhin so angeblafft habe. Aber du warst auch ein bißchen grob.« Sie rieb sich den schmerzenden Oberarm.
»Entschuldige, das wollte ich nicht.«
»Schon gut«, winkte sie ab. Aus dem Klassenzimmer hörte sie, wie Katherine mit dem Briefbeschwerer auf den Tisch klopfte. »Die Sitzung fängt an. Wenn du willst, können wir uns ja nachher noch unterhalten.«
Er nickte zustimmend, während sie in den Raum zurückeilte. Katherine forderte Harvey Alber auf, das Protokoll der letzten Versammlung zu verlesen, als Val sich neben Sharon auf ihren Platz niedersinken ließ.
Die Versammlung verlief, wie vorherzusehen war. Nach der Verlesung des Protokolls erstattete Val Bericht über Neuanschaffungen für die Bibliothek, gab die Anzahl der Bücher bekannt, die im letzten Monat ausgeliehen worden waren, und stellte kurz dar, welche Vorhaben für die nächste Zeit geplant waren. Wie üblich schloß sie mit der Bitte um eine neue – oder neuere – Schreibmaschine.
Sie widmete ein paar Worte der Wohltätigkeitsveranstaltung und gab bekannt, daß die Musikkassetten bestellt seien, vermutlich aber erst in den nächsten zwei bis drei Wochen einträfen.
Auf die Frage hin, was aus dem Band geworden sei, das Dan bei der Feier aufgenommen hatte, erwiderte sie, die Aufnahme sei leider nichts geworden.
»Der Kassettenrecorder war offenbar nicht in Ordnung«, mischte Katherine sich ein, als sich abzeichnete, daß die Fragestellerin sich mit keiner lakonischen Antwort zufriedengeben würde. »Zu viel Nebengeräusche.«
Als Katherine den geschäftsmäßigen Teil der Sitzung abschloß und danach um Vorschläge und Fragen aus der Öffentlichkeit bat, war Edna Plover erwartungsgemäß die erste, die sich zu Wort meldete.

»Ja, Edna?« sagte Katherine. »Sie haben ein Anliegen vorzutragen?«

»Allerdings habe ich das!« Mrs. Plover trat ein paar Schritte vor, bis sie so stand, daß sie die Zuhörer und den Vorstand zugleich ansprechen konnte. Einen Moment lang ruhte ihr Blick auf Val, dann wandte sie sich Katherine und den Beisitzern zu. Mrs. Plovers weinrotes Kleid stach lebhaft vom Grün der Tafel ab. Ihre Anhänger in der ersten Sitzreihe setzten erwartungsvolle Mienen auf.

»Einige von Ihnen kennen sicher schon den Grund, weshalb ich hier und jetzt das Wort ergreife«, hob sie an. Sie betonte jedes Wort einzeln. »Einige von Ihnen sind gewiß auch darüber im Bild, wie ich zu Hazletons öffentlicher Leihbücherei, ja, jeder Bibliothek überhaupt, stehe. Meine Einstellung zu derlei Institutionen ist die gleiche, die vor Tausenden von Jahren die Begründer von Bibliotheken bewog, ihre Idee in die Tat umzusetzen. Bibliotheken sollen ihrer Bestimmung nach Sammlungen der besten literarischen und wissenschaftlichen Werke ihrer Epoche sein, eine Zusammenfassung dessen, was die größten Denker und Poeten zum Nutzen und Wohle der Menschheit schriftlich niedergelegt haben.«

Sie legte eine Kunstpause ein, um dem Kommenden mehr Nachdruck zu verleihen.

»Bibliotheken sollen Zeugnis ablegen von einem stolzen und erhabenen Erbe, indem sie Material enthalten, dessen Wert zweifelsfrei erwiesen ist. Mit großem Bedauern stelle ich fest, daß diese edle Auffassung nicht mehr dem Geist unserer Zeit entspricht. Sie ist unmodern geworden. Die heutige Aufgabe einer Bücherei scheint darin zu bestehen – verzeihen Sie, wenn ich jetzt sehr direkt werde – der Anhäufung von Schund Vorschub zu leisten.«

Val hörte, wie Sharon neben ihr zischend Luft holte. »Die Frau ist unmöglich!« tuschelte sie Val zu. »Sie sollten Sie wegen Beleidigung anzeigen.«

Val drückte ihren Arm. »Reg dich nicht auf«, flüsterte sie zurück. Doch Sharons finstere Miene machte deutlich, daß in dieser Hinsicht jeder Ratschlag zwecklos wäre.

Unterdessen dozierte Edna weiter. Sie verglich die Neuanschaffungen der Bücherei mit minderwertiger Fertignahrung, die profitgierige Firmen auf den Markt werfen, um den anspruchslosen Geschmack der heutigen Generation auf billige Weise zu befriedigen. Es dauerte nicht lange, und sie brachte Vals Bücherliste für ungeübte Leser aufs Tapet. Wie eine rote Fahne schwenkte sie sie vor sich her. Sie qualifizierte sie ab als »seichte Kost, wie es schlimmer nicht mehr geht, Groschenromane, die den Geschmack des Lesers nicht fördern, sondern höchstens noch verderben«.

Mit Vehemenz legte sie los: »Überzeugen Sie sich selbst, meine Damen und Herren, die geistig hochwertige Nahrung, die Klassiker der Weltliteratur, die geeignet wären, literarischen Geschmack zu formen und zu bilden, sind in dieser Liste mit keinem Werk vertreten.«

Weitschweifig erging sie sich über den »intellektuellen Hunger« der lesenden Öffentlichkeit, »die es verdiente, für ihr gutes Geld hochwertigeren Lesestoff zu bekommen«.

Sie schloß ihren Vortrag, indem sie jedem Mitglied des Bibliotheksvorstandes eine Kopie von Vals Bücherliste auf den Tisch legte und den förmlichen Antrag stellte, Val aus der Bibliothek zu entlassen. Als sie auf ihren Platz zurückging, gab es Applaus aus der ersten Reihe und zustimmendes Gemurmel aus einer anderen Ecke.

Val hatte sich mittlerweile zurechtgelegt, wie sie auf Mrs. Plovers Analogie mit »hochwertiger Nahrung« und »minderwertiger Fertigkost« reagieren sollte. Als Katherine ihr das Wort erteilte, begann sie mit einer Aufzählung anerkannter klassischer Autoren, die zu ihrer Zeit nicht nur verkannt, sondern auch beschuldigt wurden, Schund zu schreiben. Unter anderem erwähnte sie Shakespeare, Scott und Poe.

Sie zielte darauf ab, klarzustellen, daß Mrs. Plovers Voraussetzungen für ihren Vergleich falsch waren. Denn wenn man den ungeübten Lesern die »seichte Kost« vorenthielte, würden sie mit Sicherheit nicht, wie Mrs. Plover annahm, zu »hochwertiger Nahrung« greifen, sondern statt dessen lieber verhungern. Sie würden völlig aufs Lesen verzichten.

»Hier steht nicht zur Debatte«, sagte Val, »ob jemand nach einer Dosensuppe oder Filet Mignon greift. Es kommt darauf an, ob jemand überhaupt etwas ißt, oder gar nichts mehr zu sich nimmt.

Und die Titel, die ich auf meine Bücherliste gesetzt habe, sind meiner und der Erfahrung vieler Lehrer nach besser geeignet als andere, Leute zum Lesen anzureizen, die sonst nur die Überschriften in der Zeitung oder den Vorspann eines Fernsehfilms lesen. Es kommt darauf an, diese Lesefaulen, wie ich sie hier einmal nennen will, dazu zu bringen, überhaupt mal ein Buch in die Hand zu nehmen. Wer weiß, wie sich dieser Anstoß zum Lesen weiterentwickeln wird? Vielleicht kommen diese Leute auf den Geschmack und greifen eines schönen Tages sogar zu einem bedeutenden klassischen Werk.«

Es gab keinen Applaus, als Val sich wieder setzte. Nur hin und wieder sah sie jemanden nicken und offensichtlich etwas Beifälliges murmeln. Zu ihrer nicht geringen Überraschung sogar eine Dame aus der ersten Reihe, die nur zwei Stühle von Edna Plover entfernt saß.

Ein paar Leute standen sogar auf, um mit eigenen Beiträgen Val zu unterstützen. Harriet Carlson meldete sich zu Wort und erzählte, ihr Sohn, der sonst nur las, was die Lehrer in der Schule von ihm verlangten, habe bereits ein Buch von Vals Liste gelesen. »Ich gebe zu, das Buch war nach einer Fernsehserie geschrieben, aber immerhin war es ein Fortschritt, daß er überhaupt aus eigenem Antrieb etwas las, anstatt immerfort auf die Mattscheibe zu starren.«

In der letzten Reihe erhob sich Pete Driscoll und bat mit einer für einen Achtzigjährigen überraschend jungen Stimme, man möge ihm auch ein Exemplar der Liste aushändigen. »Ich habe selbst ein paar Enkel, die schon anfangen zu gähnen, wenn man ihnen bloß vorschlägt, zur Abwechslung auch mal ein Buch in die Hand zu nehmen.«

Nach Schluß der Sitzung drängten sich verschiedene Leute an Val heran, um ihr zu ihrem Standpunkt zu gratulieren. Als der Raum sich zur Hälfte geleert hatte, fühlte sie sich in Hochstimmung, obschon sie sich keinen Illusionen hingab. Sie wußte genau, daß ihr Sieg nur ein vorläufiger war.

Die Art und Weise, wie Edna Plover und ihre Anhänger demonstrativ schweigend den Raum verließen, mit Ausnahme der einen Dame, die Val zustimmend zugenickt hatte, und die ihr jetzt über die Schulter einen verstohlenen Blick zuwarf, ließ erahnen, daß der Kampf erst begonnen hatte. Val konnte ihren heutigen Triumph in erster Linie dem Umstand zuschreiben, daß Edna für ihre Ausführungen einen unglücklichen Vergleich gewählt hatte. Während Val an der Tür stand und auf Katherine wartete, wurde sie jäh aus ihren Gedanken gerissen. Earl Winters, der auf seinem Stuhl sitzen geblieben war, bis der Raum sich leerte, erhob sich nun und kam zu ihr herüber.

»Schön, Sie hier zu sehen«, sagte sie, als er neben ihr stand. »Aber aus dem, was Sie neulich sagten, schloß ich, daß Sie selbst kein regelmäßiger Benutzer unserer Bibliothek sind.«

»Um ehrlich zu sein, ich lese kaum«, bekannte er. »Sally – meine Frau – leiht sich aber ständig Bücher aus. Meistens bringt sie etwas zum Vorlesen für unsere beiden Kinder mit.« Er grinste. »Jimmy fängt jetzt schon an zu buchstabieren, dabei ist der Kleine erst vier.« In seine Stimme mischte sich ein Unterton von Stolz. Val konnte sich gut vorstellen, wie er jeden Moment Bilder von seinen Kindern zücken und sie ihr unter die Nase halten würde, wie Dan es ihr prophezeit hatte.

Sie nickte. »Das kenne ich. In dem Alter wollte ich auch unbedingt lesen lernen. Ich ging noch nicht zur Schule, da las ich Millie – das ist meine jüngere Schwester – schon Märchen vor.«

»Jimmy ist genauso.« Ein betretenes Schweigen trat ein, als er verstummte und in die Runde sah. »Aber eigentlich bin ich aus einem ganz anderen Grund heute abend hierhergekommen. Sie wissen schon, die Drohungen und so weiter.«

»Wieso? Ist Ihnen noch was zu meinem Wagen eingefallen? Sind Sie jetzt sicher, daß jemand daran herummontiert hat?«

»Nein, nein. Ich sagte schon, möglich wär's, aber das ist praktisch kaum zu beweisen. Deshalb bin ich nicht hier.«

»Warum dann?«

»Ich dachte mir nur, ich sehe mir die anderen Zuhörer einmal an, das war alles. Ich wollte bloß feststellen, ob sich jemand vielleicht auffallend oder verdächtig benimmt.« Er hob die Schultern und machte eine linkische Geste. »Als mir die Idee kam, fand ich sie ganz gut.«

»Ist Ihnen denn jemand aufgefallen, der sich verdächtig benahm?«

»Nein. Höchstens Martin, würde ich sagen. Was wollte er eigentlich von Ihnen? Ich sah, wie er Sie auf den Flur lotste, und als Sie zurückkamen, machten Sie einen ziemlich aufgeregten Eindruck.«

»Er wollte nichts Besonderes. Er macht sich bloß Sorgen, das ist alles. Er meint, ich sollte woanders hinziehen, bis der Kerl geschnappt ist.«

»Werden Sie das tun?«

»Wohl kaum.«

Als sie schwieg, fragte er:

»Haben Sie darüber nachgedacht, wer einen Groll gegen Sie haben könnte? Jemand, der es auf *Sie* abgesehen hat, nicht auf Martin, meine ich.«

Sie schüttelte den Kopf. »Mir fällt nur Edna Plover ein, aber ich sagte ja schon, das wäre niemals ihr Stil.«

»Und fällt Ihnen sonst niemand ein? Überhaupt keiner?«

»Tut mir leid.«

Er schaute sie an. Sein Gesichtsausdruck war beherrscht, doch ihr entging nicht, wie seine Hände sich nervös verkrampften. Als er merkte, daß Katherine Roberts und Sharon sich ihnen näherten, flüsterte er eilig: »Wenn Ihnen jemand einfällt, dann sagen Sie mir sofort Bescheid.«

Verwundert blickte sie ihm nach. Konnte es sein, daß auch er verfolgt wurde? Erhielten vielleicht alle Männer, die einmal näher mit Sandra bekannt waren, Briefe und Anrufe? Wenn ja, dann warf das schon ein ganz anderes Licht auf den Fall.

»Sorgen?« fragte Katherine.

»Nicht direkt. Ich überlege nur, ob ich von zu Hause aus noch den Sheriff anrufen soll«, gab sie zurück. Sie erzählte von dem Gedanken, der ihr gerade gekommen war.

Katherine war skeptischer als Sharon, fand aber auch, es sei das beste, den Sheriff zu informieren. Jeder noch so unbedeutend erscheinende Hinweis konnte nützen.

Beim Verlassen des Gebäudes kamen sie an den anderen Versammlungsräumen vorbei, und Val bemerkte, daß die Sitzung der Baubehörde, der Martin von Rechts wegen hätte beiwohnen müssen, gerade zu Ende ging. Durch die offenstehende Tür erhaschte Dan Richards einen Blick auf Val und stürzte mit hastig hingeworfenen Entschuldigungen aus dem Zimmer.

»Hast du Marty irgendwo gesehen?« überfiel er sie.

»Ja, vor der Versammlung. Er war hier und sagte mir, du würdest ihn vertreten.«
»Stimmt. Beim Abendessen rief er mich an und bat mich, an seiner Stelle Lichtenwalters Antrag zu unterstützen. Er hätte etwas ›Privates‹ zu erledigen. Hat er dir erzählt, was er vorhatte, als du mit ihm sprachst?«
»Das nicht. Aber es würde mich nicht überraschen, wenn er wieder einen Privatdetektiv anheuert.«
»Was vielleicht nicht das Verkehrteste wäre. Worüber habt ihr euch noch unterhalten?«
Sie erzählte ihm von Martins Vorschlag, vorläufig in ein anderes Haus zu ziehen. Sie schloß resigniert: »Ehrlich gesagt kann ich mich für diesen Gedanken nicht erwärmen. Mutterseelenallein in einem fremden Haus würde ich mich erst recht unsicher fühlen.«
»Das kann ich Ihnen nachempfinden«, meinte Katherine. »Und wenn es hart auf hart kommt und es wäre das Beste für Sie, auszuziehen, dann gilt unser Angebot immer noch. Bei uns sind Sie jederzeit herzlich willkommen.«
Sharon bekräftigte die Einladung mit einem begeisterten Nicken. Sie wollten weitergehen, doch Dan hinderte sie daran, indem er Val am Ärmel festhielt.
»Sag noch mal, welches Haus hat Martin dir angeboten?« fragte er mit zusammengekniffenen Augen.
»Wo das Haus steht, weiß ich nicht. Ich habe ihn nicht danach gefragt. Er sagte nur, er würde es normalerweise vermieten, aber zur Zeit stünde es leer.«
Dan furchte die Brauen. »Dieser sogenannte Streich scheint ihm ja wirklich schwer zuzusetzen«, fand er. »Dir ausgerechnet dieses Haus anzubieten! Unfaßbar!«
»Wieso?« wunderte sie sich. »Stimmt mit dem Haus etwas nicht?«
»Mit dem Haus ist alles in Ordnung«, gab er zurück. »Für die meisten Leute jedenfalls. Aber du . . .« Fassungslos schüttelte er den Kopf. »Ich weiß auch nicht, was in Martin gefahren ist. Aber dieses Haus ist der letzte Ort, an dem du dich aufhalten solltest. In dem lebte er mit Sandra, als sie ermordet wurde.«

*Er entfernte sich vom Gemeindezentrum, während sich in seinem Kopf die*

*Gedanken jagten.*
*Es gab immer noch Hoffnung! Trotz der Halsstarrigkeit der Frau war noch nicht alles verloren. Jetzt, wo er den Aufenthaltsort der Katze kannte, durfte er wieder hoffen.*
*Aber es mußte heute nacht geschehen, ehe die Lage noch verworrener wurde, die Fäden ihm noch weiter aus den Händen glitten.*
*Heute nacht . . .*

## 13

Mitternacht. Val saß an dem Ende der Couch, an dem die Stehlampe stand, aß einen Kartoffelchip nach dem anderen und schmökerte in einer Neuanschaffung der Bibliothek.
Es handelte sich um den Roman einer Autorin, die unweit von Hazleton lebte. Val nahm sich vor, die Autorin demnächst anzurufen und sie zu bitten, in der Bibliothek einen kleinen Vortrag zu halten. Wenn sie sich interessiert zeigte, mußte Val noch ein Grüppchen Zuhörer zusammentrommeln und aus dem Fonds etwas Geld für ein Honorar lockermachen. Es war einen Versuch wert. In Hazleton gab es immerhin ein paar Leute, die Ambitionen zur Schriftstellerei hatten, und es stärkte das Selbstbewußtsein von Anfängern, wenn sie erfuhren, daß nicht jeder Autor aus New York oder Kalifornien stammte.
Sie kritzelte den Namen und die Adresse der Autorin in ihr kleines Notizbuch, als das Schrillen des Telefons die Stille zerriß.
Vor Schreck hätte sie fast den Bleistift fallen gelassen. Sie griff nach dem Telefon, das am anderen Ende der Couch auf einem Beistelltischchen stand. Wieder dieser geheimnisvolle Anrufer? Zum letzten Mal? Mit der Fangschaltung würden sie ihn schon kriegen.
»Ja? Wer spricht da?« Ihre Stimme klang ruhig, wenn auch ein wenig höher als sonst.
»Val? Hier ist Katherine Roberts.«
Val brauchte nur die Stimme zu hören, da wußte sie auch schon, daß irgend etwas passiert sein mußte. Katherines normalerweise forscher und direkter Tonfall war wie fortgeblasen.

Das Kribbeln in ihrer Magengegend machte einer bleiernen Schwere Platz. Ihre Arme fühlten sich plötzlich kraftlos an, und sie mußte erst ein paarmal tief Luft holen, ehe sie wieder sprechen konnte.

»Was ist los? Irgendwas mit Muldoon?«

»Ja«, erwiderte Katherine. Dann sprudelte es nur so aus ihr heraus. »Jemand muß bei uns eingebrochen sein. Ich bin mir hundertprozentig sicher, daß die Hoftür abgeschlossen war. Aber als wir nachsahen – na ja, egal, wer's war, Muldoon hat er jedenfalls nicht gekriegt.«

»Ist er immer noch bei Ihnen?« Sie atmete hörbar auf.

»Nein, im Haus ist er nicht, aber . . .«

»Wo steckt er denn? Was ist passiert?«

»Das weiß ich selbst nicht. Lassen Sie mich mal bitte ausreden, Val. Das war so, Sharon hat ihn gehört – den Einbrecher, meine ich. Ihr Zimmer liegt zum Hof zu, im zweiten Stock. Sie wollte gerade zu Bett gehen, als sie eine Katze wild fauchen hörte. Ihr fiel natürlich sofort Muldoon ein. Sie lief nach unten und entdeckte, daß die Hoftür einen Spaltbreit offenstand. Sie machte Licht und rief nach Muldoon. Er kam auch über den Zaun geklettert. Aber als sie ihn einfangen wollte, schoß er an ihr vorbei und rannte ums Haus herum auf die Straße. Dann hörte sie, wie ein Motor angelassen wurde und ein Auto fortfuhr. Sie hat noch . . .«

»Schon gut«, schnitt Val ihr brüsk das Wort ab. »Ich komme sofort. Wenn er sich noch in der Nachbarschaft herumtreibt, dann kann ich ihn vielleicht zurückholen.«

»Val, um Gottes willen! Bleiben Sie bloß . . .«

»Bin gleich da!« Val knallte den Hörer auf die Gabel und sprang auf.

*Leise Verwünschungen ausstoßend, stieg er vorsichtig aus dem Auto. Er verzog das Gesicht, als er mit dem verletzten Bein die Unterseite des Lenkrads streifte. Es schmerzte höllisch. Indem er wütend die Tür zuknallte, blickte er auf das zerrissene Hosenbein. Behutsam untersuchte er die Wade, um festzustellen, ob die Blutung gestillt war. Was, zum Teufel, mochte bloß in dieses Biest gefahren sein? Dabei hatte alles so wunderbar geklappt. Beinahe lautlos hatte er das Tier aus dem Haus gelockt. Der Kater gab nur ein leises, behagliches Schnurren von sich. Doch kaum zog er die*

*Wagenschlüssel aus der Tasche, schien das Vieh urplötzlich zu explodieren. Mit Krallen und Zähnen war der Kater auf ihn losgegangen.*
*Verständnislos schüttelte er den Kopf. Er verbiß sich den Schmerz, als der rauhe Stoff des Hosenbeins gegen die tiefen Kratzwunden scheuerte und hastete ins Haus. Doch der brennende Schmerz, der aufflammte, als er die Wunden mit Jod betupfte, war nichts im Vergleich zu den Qualen, die in seiner Seele tobten. Die Welt um ihn herum schien in Scherben zu fallen.*
*Abermals fluchte er erbittert. Am liebsten hätte er seinen Zorn und seine Enttäuschung laut hinausgeschrien. Er hätte es bei den Anfängen bewenden lassen sollen! Es war ein Fehler, daß er diesen letzten, verzweifelten Versuch unternommen hatte, um das bißchen Kraft hervorzukitzeln, das dieser feige Schwächling besaß. Forster war durch und durch ein Versager! Er hätte besser daran getan, ihn als hoffnungslosen Fall abzuschreiben und auf eigene Faust zu handeln. Dann wäre wenigstens etwas gewonnen! Aber jetzt . . .*
*»Nein!«*
*Der erstickte Aufschrei entrang sich seiner Kehle, erschütterte die Stille des leeren Hauses. Er* durfte *nicht aufgeben! Das bedeutete, daß er sich mit seiner Niederlage abfand. Dann gab er zu, daß er auch nicht besser war als dieser saft- und kraftlose Narr Forster! Und er* mußte *stärker sein als er!*
*Sonst war er verloren, unwiderruflich und restlos verloren. Sollte Forster getrost weiterhin den Kopf in den Sand stecken und die Realität leugnen. Er jedenfalls konnte es nicht! Diesen Luxus konnte er sich nicht leisten! Er stellte sich der Realität – und bezwang sie! Wenn er das nicht schaffte, dann war er ein Nichts, genauso ein Niemand wie dieser Feigling Forster. Er mußte weitermachen, das begonnene Werk vollenden, koste es, was es wolle. Ihm blieb keine andere Wahl.*
*Es mußte eine Möglichkeit geben, selbst jetzt noch . . .*

## 14

Sprague Roberts, im Pyjama und hastig übergeworfenen Morgenrock, drehte eine Kurve und hielt ein paar Meter vor Val, die forschen Schrittes die Straße entlangmarschierte, während sie in regelmäßigen Abständen die Büchse mit dem Trockenfutter

schüttelte.
»Steigen Sie ein, Val«, rief er ihr zu. »Nach dem, was passiert ist, können Sie doch nicht mitten in der Nacht draußen herumwandern!«
»Nein, danke«, gab sie zurück. »Wenn Sie wollen, können Sie mich ja vom Auto aus im Auge behalten, das genügt.«
»Bitte Val, steigen Sie schon ein. Meine Frau macht sich die größten Vorwürfe ...«
»Tut mir leid, Sprague, aber es hat keinen Zweck.« Im Sprechen hielt sie die Büchse hoch und klapperte damit in alle Richtungen. »Je eher ich mit Suchen anfange, desto größer ist die Chance, daß ich ihn finde. Und keine Angst.« Aus der Tasche der dunklen Jakke, die sie über den Pullover gezogen hatte, holte sie die Wasserpistole. »Ich kann mich selbst beschützen.«
Sprague gab sich geschlagen. Val verstaute die Pistole wieder in der Jackentasche und ging weiter zum Haus der Roberts'. Sie verlangsamte das Tempo. Wenn Muldoon sich irgendwo in Hörweite versteckt hielt, dann mußte ihn das Rasseln hervorlocken, dachte sie und klapperte nochmals mit der Büchse – es sei denn, irgend etwas hätte ihn zu Tode erschreckt.
Oder der, der versucht hatte, ihn aus dem Haus der Roberts' zu stehlen, hatte ihn doch noch eingefangen.
Daran durfte sie gar nicht denken. Sie holte tief Luft und stieß zum Rappeln der Büchse einen durchdringenden Pfiff aus. Die einzige Antwort war lautes Hundegebell von der gegenüberliegenden Straßenseite.
Als sie vor dem Haus anlangte, gab Sprague Gas und lenkte den Wagen auf die Zufahrt. Im selben Augenblick ging die Haustür auf und Sharon, gefolgt von ihrer Mutter, kam herausgelaufen. Sharon trug Jeans und einen Pullover, Katherine hatte sich in einen weiten Frotteebademantel gewickelt.
Sharon blieb vor Val stehen, das Gesicht tränennaß und die Augen gerötet. Einen Moment lang blickten sie sich schweigend an, dann sprudelte das Mädchen hervor: »Es tut mir ja so leid, Miss Hamilton. Ich hab' ja noch versucht, ihn einzufangen, wie er über den Hof lief, aber es ging einfach nicht. Er war weg wie der Blitz.«
Impulsiv drückte Val ihren Arm. »Schon gut, Sharon. Du kannst

ja nichts dafür. Niemand trifft eine Schuld. Höchstens mich, weil ich die Sache nicht ernst genug genommen habe.«
Aufschluchzend warf sich Sharon an ihre Brust. Ihre heftige, ehrliche Reaktion machte es Val irgendwie leichter, ihre eigenen Gefühle im Zaum zu halten. Zum Glück war niemand da, der gesagt hätte: ›Stellt euch nicht so an! Es ist ja bloß eine Katze.‹
»Nimm's dir nicht so zu Herzen«, meinte Val tröstend. »Egal, wer's war, Muldoon hat er jedenfalls nicht mitgenommen. Das ist schließlich das wichtigste. Und sobald er sich wieder beruhigt hat, finden wir ihn auch. Oder besser gesagt, er kommt ganz von allein zurück.« Zur Bekräftigung schüttelte sie ein paarmal die Dose.
Katherine war ein paar Schritte hinter ihrer Tochter zurückgeblieben. »Dan Richards muß jeden Augenblick hiersein. Er hilft Ihnen beim Suchen.«
»Sie haben Dan angerufen?«
»Gleich nach dem Sheriff.« Katherine fröstelte und wickelte sich fester in den Frotteemantel. »Am besten, wir gehen jetzt ins Haus und warten. Wir brauchen alle ein bißchen Zeit, um uns zu beruhigen, einschließlich Muldoon.«
Val lächelte matt. Sie warf Sprague einen Blick zu, der an der geöffneten Wagentür lehnte. Er lächelte verlegen und folgte den anderen ins Haus. In der Küche schaltete er die Kaffeemaschine ein und suchte im Schrank nach Kaffee.
»Martin haben Sie aber nicht angerufen, oder?« wollte Val wissen, als sich alle um den Küchentisch setzten.
»Natürlich nicht«, gab Katherine zurück. »Ich dachte, es sei ausgemacht, ihn mit dieser häßlichen Geschichte soweit wie möglich zu verschonen.«
»Das ist auch besser so«, stimmte Val zu. »Aber nach dem, was heute nacht passiert ist, wird es gar nicht so leicht sein.«
Dan traf ein, noch ehe der Kaffee fertig war. Während er sich in aller Ausführlichkeit den Vorfall schildern ließ, klingelte ein Polizeibeamter an der Haustür. Sprague führte ihn in die Küche.
»Sie haben vorhin im Sheriffbüro angerufen und einen Diebstahl gemeldet?« vergewisserte er sich und zückte sein Notizbuch. Es klang nicht gerade diensteifrig.
»Es war ein Einbruch«, erwiderte Katherine. »Der Einbrecher muß

durch diese Tür hier gekommen sein.« Sie zeigte auf die Tür, die zum Hof führte. »Meine Tochter stellte fest, daß sie offenstand.«
Der Beamte – Harold Strong, wenn Val sich richtig erinnerte – unterdrückte ein Gähnen, als er sich darangab, die Tür zu untersuchen. Beim Anblick des Schlosses schüttelte er den Kopf. »Schnappschloß«, verkündete er abfällig. »Ein Kinderspiel, das aufzubrechen. Sie brauchen einen Riegel oder eine Vorlegekette.« Er drehte sich um und zog zum Notizbuch einen Kugelschreiber aus der Tasche. »Haben Sie schon mal nachgeschaut, was gestohlen wurde? Haben Sie eine Liste . . .«
Mitten im Satz stockte er, als sein Blick zu Val wanderte. Er blinzelte ein paarmal, und seine gelangweilte Miene war mit einem Schlag wie fortgewischt.
»Sind Sie nicht Miss Hamilton?«
»Ja, das bin ich.« »Was machen Sie denn hier?«
»Der sogenannte Einbrecher hat meinen Kater gestohlen. Das einzige, hinter dem er offenbar her war.«
»Das ist doch . . .« Momentan verwirrt blickte der Beamte in die Runde. »Aber ich bin doch hier bei Roberts', nicht wahr? Mrs. Roberts, Sie haben doch bei uns angerufen, oder?«
»Ja, ich rief an, und das hier ist unser Haus. Aber der Kater gehört Miss Hamilton. Wir hatten ihn bloß in Pflege.«
Mit ungeahnter Eile verstaute der Beamte Notizbuch samt Kugelschreiber in seiner Tasche. »Kann ich mal Ihr Telefon benutzen?«
»Selbstverständlich.« Katherine zeigte ihm, wo der Apparat stand. Der Beamte stürzte ans Telefon und meinte mit einem Blick auf Katherine: »Das hätten Sie gleich sagen müssen, Mrs. Roberts. Alles, was mit Miss Hamilton zusammenhängt, behandelt der Sheriff persönlich.«
Ehe sie sich verteidigen konnte, hatte er die Nummer gewählt und setzte Sheriff Mel Lawrence die Situation auseinander. »Er kommt gleich«, sagte er und hängte ein. »Er will sich die Sache persönlich ansehen.«
Trotz der Proteste des Beamten brachen Dan und Val zu einem Suchgang einmal rund um den Häuserblock auf. Doch als Sheriff Lawrence auf der Bildfläche erschien, setzte er der Suche ein jähes Ende.
»Und wenn ich euch Handschellen anlegen muß«, wetterte er,

sein rundes Gesicht zorngerötet. »Aber heute nacht rennt mir keiner mehr durch die Straßen und sucht das verdammte Vieh. Ich gehe nicht das geringste Risiko ein. Und Sie, Miss Hamilton, nehmen Mrs. Roberts' Einladung an und bleiben die Nacht über hier.«

»Aber ich muß doch . . .«

»Interessiert mich nicht, was Sie müssen oder nicht! Allein bleiben Sie jedenfalls nicht in Ihrem Haus.« Er funkelte sie wütend an. »Ich weiß zwar nicht, was hier gespielt wird, aber das letzte Mal, als eine Katze verschwand, passierte kurz darauf ein Mord. Und dieses Mal mache ich nicht mehr den gleichen Fehler.«

»Ist ja gut«, versuchte Val einzulenken. »Kein Mensch hat behauptet, Sie seien schuld, daß Sandra Forster umgebracht wurde. Aber einmal, da können Sie machen, was Sie wollen, laufe ich noch mit Dan um den Block. Und ich muß unbedingt nach Hause und dafür sorgen, daß Muldoon ins Haus kann, wenn ich nicht da bin.«

Der Sheriff biß auf die Zähne, und Val sah, wie seine Halsmuskeln sich spannten. Nach kurzem Überlegen wandte er sich an seinen Beamten. »Holen Sie die Utensilien für die Fingerabdrükke. Ich rufe Dale und Barney an, damit sie Ihnen helfen.«

»Aber die haben doch jetzt keinen Dienst.«

»Ich weiß selbst, wann meine Beamten Dienst haben. Und jetzt bewegen Sie sich, aber ein bißchen dalli!«

Während Strong beinahe im Laufschritt zu seinem Wagen eilte, ging Lawrence ans Telefon und rief seine Beamten an. Er befahl ihnen, sich unverzüglich im Haus der Roberts' einzufinden. Es sei ihm piepegal, brüllte er in die Muschel, wobei er sie gerade störe, sie hätten sich unverzüglich in die Uniform zu werfen und damit basta!

Aufatmend hängte er ein und wandte sich wieder an die kleine Gruppe in der Küche.

»Sagen Sie«, forderte er Val auf, »haben Sie seit dem letzten Anruf gestern nacht noch einen bekommen?«

Sie schüttelte den Kopf. »Nein.«

»Und nach dem zu schließen, was vorhin passiert ist, werden Sie auch keinen mehr bekommen.« Er schnitt eine Grimasse. »Sieht ganz so aus, als wolle der Kerl den Rest des Vorspiels überschla-

gen und gleich zur Sache kommen.«
»Aber es hat doch nicht geklappt«, hielt Val ihm entgegen. »Er hat Muldoon nicht gekriegt.«
»Das hat überhaupt nichts zu sagen. Übrigens unterhielt ich mich mit Earl Winters und ein paar anderen Männern über Ihre Idee, die Ihnen da neulich kam. Sie wissen doch, ob vielleicht sämtliche Exfreunde von Mrs. Forster diese Drohungen bekämen. Sie haben es alle abgestritten.«
»Tja.« Ungeduldig warf sie einen Blick auf ihre Armbanduhr. »Hören Sie, Sheriff, ich muß wirklich unbedingt noch mal nach Hause, um Muldoons Fenster zu öffnen.«
»Sein Fenster?« Er zog die Brauen hoch.
Sie erzählte ihm von dem winzigen Klappfenster. »Für einen Menschen ist die Luke zu klein«, versicherte sie. »Und ich lasse sie immer offen, wenn ich zur Arbeit muß und der Kater noch nicht zurück ist. Darf ich jetzt bitte . . .«
»Der Sheriff hat recht, Val«, mischte Dan sich plötzlich ein. »Hier bist du am sichersten. Aber du könntest mir deine Schlüssel geben, und ich fahre schnell rüber und öffne die Klappe. Einverstanden? Ich packe dir auch eine Tasche mit dem Notwendigsten, du mußt mir nur sagen, was du brauchst.«
»Danke, Dan, aber ich . . .«
»Seien Sie doch vernünftig«, bat Lawrence. »Ich lasse es auf gar keinen Fall zu, daß Sie mitten in der Nacht allein durch die Gegend laufen.«
Sie gab nach und händigte Dan den Hausschlüssel aus. Sie beschrieb ihm, wo er Muldoons Fensterklappe fand und zählte auf, was er mitbringen sollte. »Und vergiß die Handtasche nicht. Ich glaube, sie liegt auf meinem Schreibtisch.«
Als Dan fort war, wandte Val sich an Lawrence. »Aber morgen früh darf ich doch nach Hause, um mich umzuziehen?« Sie deutete auf ihre verwaschenen Jeans und den weiten Pullover. »Das ist zwar sehr bequem, aber in die Bibliothek möchte ich lieber nicht damit gehen. Und ich will mich überzeugen, ob sich Muldoon in der Zwischenzeit wieder eingefunden hat.«
»Mal sehen. Nun zu dieser Geschichte heute abend. Wer wußte, zu wem Sie Ihre Katze in Pflege gegeben hatten?«
»Dan. Und Martin. Und jeder, der bei der Versammlung des Bi-

bliotheksvorstands heute abend zufällig mitgehört hat. Und jeder, der gesehen hat, wie ich Muldoon vorige Woche hierhin brachte.«
»Aber Richards und Forster sind die einzigen, die mit Sicherheit Bescheid wußten?«
»Wenn Sie das so formulieren wollen – ja.«
»Haben Sie heute abend mit Forster gesprochen?«
»Das letzte Mal bei der Versammlung. Aber er ist doch das *Opfer*! Sie nehmen doch wohl nicht an . . .«
»Darf ich noch mal das Telefon benutzen?« Ohne die Antwort abzuwarten, griff Lawrence nach dem Telefonbuch und begann zu blättern. Dann wählte er eine Nummer. Er ließ es mindestens eine volle Minute lang klingeln.
»Hebt keiner ab.« Er legte auf. »Wo, glauben Sie, könnte Forster sich um diese Zeit aufhalten?« Die Frage war an Val gerichtet.
»Keine Ahnung. Vielleicht geht er nachts nicht ans Telefon. Kann ich gut verstehen, wenn man bedenkt, was er schon durchgemacht hat.«
Er wiegte den Kopf. »Schon möglich. Sagten Sie nicht, Earl Winters hätte auch an der Versammlung teilgenommen? Könnte er mitbekommen haben, wo die Katze steckte?«
»Sicher. Aber Sie haben doch heute abend noch mit ihm gesprochen.«
»Das war vor zwei Stunden.« Wieder blätterte er im Buch und wählte Winters' Nummer. Offenbar meldete sich jemand, denn mit einem hastig gemurmelten: »Entschuldigung, ich habe mich verwählt«, legte er auf.
»Wenigstens der ist zu Hause«, stellte er befriedigt fest. Er wandte sich erneut an Val. »Wer könnte sonst noch wissen, wohin Sie die Katze gegeben hatten?« Als Val keine Antwort gab, fragte er Sharon. »Und wie ist das mit dir? Hast du es jemand weitererzählt? In der Schule zum Beispiel? Einer Freundin vielleicht oder einer Lehrerin?«
»Nein! Mutter hat mir gesagt, ich sollte den Mund halten, und das habe ich getan.«
Fragend blickte er zur Katherine Roberts. »Wenn meine Tochter das sagt, dann stimmt das auch.«
Sorgenvoll starrte er einige Augenblicke angestrengt auf den Bo-

den. »Mrs. Roberts, Mr. Roberts – sind Sie ganz sicher, daß der Einbruch der Katze galt? Könnte nicht auch einfach nur jemand hier eingedrungen sein, um vielleicht Geld zu stehlen und ließ die Tür als Fluchtweg offenstehen? Und die Katze hat die günstige Gelegenheit benutzt und ist hinausgehuscht?«
»Aber es wurde ja nichts angerührt«, wandte Katherine ein. »Und ein Dieb würde sich doch wohl kaum in ein Haus schleichen, in dem Leute sind, oder?«
Lawrence hob seine fleischigen Schultern. »Warum nicht? Solche Sachen passieren.«
Weitere Fragen ergaben nichts Neues. In die Stille hinein, die eintrat, als Lawrence die Fragen ausgingen, schrillte das Telefon. Sprague Roberts, der dem Apparat am nächsten stand, nahm ab. »Hallo?«
Er lauschte, und auf seiner Stirn erschienen zwei steile Falten. Dann reichte er dem Sheriff den Hörer. »Für Sie. Dan Richards.«
Lawrence riß ihm den Hörer beinahe aus der Hand. »Ja, Richards?«
Ein paar Sekunden hörte er zu. »In Ordnung.« Die Worte klangen scharf und abgehackt. »Halten Sie sich nicht länger im Haus auf. Kommen Sie sofort zurück. Und vielen Dank.«
Er unterbrach die Verbindung, um augenblicklich eine neue Nummer anzuwählen. Während er wartete, trommelte er nervös mit den Fingerspitzen auf die Tischplatte.
»Was ist denn jetzt . . .« fingen Val und Sharon wie auf Kommando an. Lawrence bedeutete ihnen zu schweigen.
Dann war die Verbindung hergestellt. »Ja, Mrs. Dalton, hier spricht Sheriff Lawrence. Sie sind doch über die Fangschaltung unterrichtet – es handelt sich um den Apparat – richtig, das ist die Nummer. Die Fernsprechteilnehmerin ist Miss Valerie Hamilton. Gerade kam ein Anruf für sie. Sehen Sie bitte nach, was der Computer ausgedruckt hat.« Er schloß die Augen. »Ja, Mrs. Dalton, sehen Sie bitte *sofort* nach.«
Seine Nervosität steigerte sich, als er warten mußte. Über die Schulter warf er Val einen vielsagenden Blick zu. »Unser Freund rief an, als Richards bei Ihnen zu Hause war. Er flüsterte so etwas wie: ›Deine Katze ist mir entwischt. Aber dich bekomme ich trotzdem!‹ Na ja, der entwischt uns jedenfalls nicht. Jetzt haben

wir ihn! Sobald feststeht ... Ja, Mrs. Dalton?«
Er lauschte angespannt. »Hmm, ja. Und wie lautet die Nummer?« Seine Augen weiteten sich. Er hatte angefangen, sich Notizen zu machen, doch mitten im Schreiben hielt er inne. »Sind Sie ganz sicher? Wäre es nicht möglich, daß ein Irrtum vorliegt? Wie? Ausgeschlossen? Der Computer macht also keine Fehler.« Eine kurze Pause trat ein. »Na ja, gut. Ich danke Ihnen. Nein, die Fangschaltung bleibt vorläufig noch bestehen. Ich will kein Risiko eingehen, vielen Dank.«
Er hängte ein und drehte sich langsam um. Um seine Mundwinkel spielte ein triumphierendes Lächeln. »Wahrscheinlich können Sie heute nacht doch noch in Ihrem eigenen Bett schlafen, Miss Hamilton. Es sieht ganz so aus, als hätten wir unseren Freund festgenagelt.«
»Wer ist es?« stieß sie atemlos hervor.
Sein Lächeln wurde breiter. »Natürlich kann ich es nicht mit hundertprozentiger Sicherheit sagen, aber eines steht fest: Der letzte Anruf wurde vom Hause Mr. und Mrs. Jeskies aus geführt.«

*Es lief!*
*Vor knapp einer Stunde noch hatte die Niederlage wie eine schwarze Wolke über ihm geschwebt. Und nun stand er kurz vor dem Erfolg!*
*Vielleicht würde sein Sieg nicht so vollkommen sein, wie er gehofft hatte, aber es war immerhin ein Triumph. Sandras Tod würde gerächt, ob mit oder ohne Forsters Hilfe. Und vielleicht konnte er Forster doch noch dazu bringen, daß er mitmachte ...*
*Doch, es lief! Und alles war so einfach gewesen, so unglaublich simpel. Forster, dieser Trottel, wäre nie darauf gekommen, und wenn er sich den Kopf zerbrochen hätte! Ein einfacher Telefonanruf hatte genügt, es hatte ihn nur ein paar Worte gekostet.*
*Und nun, wenn das Glück ihm treu blieb, hob sich der Vorhang zum letzten Akt.*

## 15

Die Last der Beweise, die man in Wally Jeskies Schreibtisch fand, war erdrückend. In erster Linie der Schreibblock, von dem ein paar Seiten fehlten. Das erste Blatt wies Eindrücke auf, die genau zu den Buchstaben des Briefes paßten, den Muldoon anfangs mit heim gebracht hatte.

In derselben Schreibtischschublade fand sich außerdem eine Kassette mit der Aufnahme von Sandras Stimme; es handelte sich offensichtlich um das Band, mit dem man Vals Aufnahme überspielt hatte.

Eine andere Schublade enthielt mehrere billige, aber auffallende Schmuckstücke. Mit Sicherheit hatten sie einmal Sandra gehört, obwohl es Thelma hartnäckig abstritt.

Lawrence suchte noch einmal die Roberts auf, um die Neuigkeit persönlich zu überbringen und um Val zu sagen, sie könne beruhigt nach Hause gehen. »Jeskie hat uns ja all die Jahre lang schön an der Nase herumgeführt, indem er überall rausposaunt hat, er glaube nicht daran, daß Martin selbst Sandra umgebracht habe«, war sein grimmiger Kommentar. »Kann natürlich sein, daß er sich schließlich von Thelma überzeugen ließ und sich diese Rache ausdachte.«

»Gibt er es denn zu, daß er es war?« erkundigte sich Val.

»Noch nicht. Aber er wird schon den Mund aufmachen, keine Sorge. Wie will er sich denn rausreden? Die Beweise fanden sich doch alle vollzählig in seinem Schreibtisch. Mehr brauchen wir nicht. Klarer könnte der Fall nicht sein.«

»Was passiert mit ihm?«

Lawrence zuckte mit den Schultern. »Das hängt vor allem davon ab, ob Sie und Forster Anzeige erstatten. Und wir müssen natürlich ausschließen können, daß er mit Sandras Ermordung irgendwas zu tun hatte.«

»Glauben Sie etwa . . .«

Lawrence schnalzte mit der Zunge. »Nichts ist unmöglich. Ich glaube zwar nicht, daß er es war, aber möglich wär's. Sie können sich jedenfalls beruhigt ins Bett legen. Für die Nacht haben wir ihn hinter Schloß und Riegel gesetzt. Und selbst wenn er demnächst gegen Kaution freigelassen wird, wir halten ein wachsa-

mes Auge auf ihn. Der macht Ihnen keinen Ärger mehr.«
Dan erbot sich, Val nach Hause zu fahren, doch sie zog einen Fußmarsch vor. »Es ist ja nicht weit«, meinte sie, »und ich will noch mal versuchen, ob ich Muldoon aus dem Gebüsch locken kann.« Sie klapperte mit der Büchse Trockenfutter. »Die Luke im Keller hast du doch geöffnet?« vergewisserte sie sich.
»Ich war gerade unten, als das Telefon klingelte.«
»Val?« Katherine, immer noch in ihrem Frotteebademantel, kam auf sie zu. »Wenn er bis morgen früh nicht zurück ist, dann setze ich eine Suchanzeige in die Zeitung. Mit einem Foto, wenn Sie von ihm eins haben.«
Val stand im Begriff, abzulehnen, doch sie besann sich eines anderen. »Sie können nichts dafür, daß er weggelaufen ist. Und Sie dürfen auf gar keinen Fall glauben, ich wollte Ihnen einen Vorwurf machen. Aber Ihr Angebot nehme ich trotzdem an. Für den Fall, daß er morgen immer noch nicht da ist, bringe ich Ihnen ein Foto ins Büro.«
Trotz Vals Protesten bestand Dan darauf, mit ihr nach Hause zu laufen. Von Muldoon sahen sie nichts, auf Vals Pfeifen antworteten nur zwei Hunde mit Gekläff, und hinter einem Fenster spähte jemand verstohlen durch die Gardine.
Vor ihrer Haustür holte Val so leise wie möglich das Schlüsselbund aus ihrer Tasche, um Muldoon, für den Fall, daß er irgendwo in der Nähe herumlungerte, nicht zu erschrecken. Sie stieß die Tür auf und horchte. Aus dem Innern des Hauses drang kein Geräusch.
Val schaute Dan an. Sie scheute davor zurück, das Haus zu betreten. Nicht aus Angst, sondern weil die Stille und die Leere sie bedrückten. Einen Moment lang dachte sie, wenn er doch nur bleiben und mich im Arm halten könnte . . .
Sie riß sich zusammen. Ein leeres Haus und ein vermißter Kater waren kein Grund, an Heirat oder eine sonstige Verbindung zu denken.
Er neigte den Kopf, und ihre Lippen berührten sich. Sie wollte die Arme um seine Taille legen, zog sie jedoch zurück, als das Katzenfutter in der Dose, die sie immer noch in der Hand hielt, vernehmlich rasselte. Beide lachten etwas verlegen und rückten voneinander ab.

»Kann ich noch was für dich tun?« fragte er freundlich.
Sie schüttelte den Kopf. »Halt bloß die Augen auf, für den Fall, daß dir unterwegs Muldoon begegnet, wenn du zu deinem Auto zurückgehst. Und vielen Dank, daß du mich heimgebracht hast.«
Sie küßten sich noch einmal. Beim Abschied fühlte sie sich ein bißchen traurig. Dann marschierte er auch schon quer über den Rasen auf den Bürgersteig zu. Als er die Straße erreichte, winkte er.
Sie schaute ihm nach, bis er hinter den Hecken des Nachbargrundstücks verschwand. Mit mehr Widerwillen, als sie sich selbst eingestehen wollte, tat sie den ersten Schritt in das leere, stille Haus.

*Er lauerte in der Dunkelheit, wagte kaum zu atmen, weil jeder Atemzug seinen übernatürlich geschärften Sinnen viel zu laut vorkam.*
*Fast eine Stunde lang mußte er in der beklemmenden Dunkelheit ausharren, lauschte, wie sie mehrere Male von einer Tür zur anderen ging und den Kater rief. Nervös blickte er auf das mattschimmernde Leuchtzifferblatt seiner Armbanduhr. Er überlegte, wie lange es noch bis zur Morgendämmerung dauern mochte.*
*Doch dann, er war kurz vor dem Verzweifeln, hörte er, wie sie ihr Schlafzimmer betrat. Mit angehaltenem Atem horchte er, wie die Sprungfedern knarrten, als sie sich auf ihr Bett sinken ließ. Fast bildete er sich ein, er könne das Oberbett rascheln hören, mit dem sie sich zudeckte.*
*Langsam, verstohlen, die Kreppsohlen seiner Schuhe verursachten auf den Stufen kein Geräusch, schlich er sich die Kellertreppe hoch. Dann, jede Bewegung aufeinander abgestimmt, kroch er die kurze Diele entlang und durch die Küche zur Hoftür. Mit äußerster Behutsamkeit löste er die Kette aus ihrer Verankerung und ließ sie am Türrahmen herunterbaumeln.*
*Geräuschlos glitt er zum Kellereingang zurück, postierte sich hinter der Tür und ließ sie nur so weit offen, daß er durch den Spalt den dunklen Flur und ihre Schlafzimmertür im Auge behielt.*
*Er wartete.*
*Bald würde es losgehen.*
*Ob Forster wohl mitmachte? Oder war er gezwungen, die Dinge selbst in die Hand zu nehmen?*
*Egal, wie es ausging, gleich war es jedenfalls soweit.*
*Und fünf Jahre qualvollen Wartens gingen zu Ende.*
*Gleich . . .*

Plötzlich schreckte sie aus ihrem Schlaf hoch. Sie starrte in die Dunkelheit. Ihr Herz pochte wie rasend.
Hatte sie das Geräusch nur geträumt oder . . .
Muldoon? War es möglich, daß sie bis ins Schlafzimmer gehört hatte, wie die Luke zufiel?
Sie setzte sich auf, schlug das Oberbett zurück und knipste die Nachttischlampe an. Einen Moment lang blieb sie auf der Bettkante sitzen und gewöhnte sich blinzelnd an die Helle. Dann schlüpfte sie in den Bademantel, der am Fußende lag. Den Gürtel um die Taille bindend lief sie zur Tür. Sie tastete nach dem Lichtschalter für die Dielenlampe, als sie jemand sagen hörte:
»Bitte, Miss Hamilton, haben Sie keine Angst.«
Beinahe hätte sie laut aufgeschrien. Die Stimme kam aus einer Ecke der Diele, die im Schatten lag.
Ihr erster Impuls war, ins Schlafzimmer zurückzustürzen und sich dort zu verbarrikadieren. Doch siedendheiß fiel ihr ein, daß der Schlüssel zum Schloß fehlte. Und wo, um Gottes willen, hatte sie bloß ihre Jacke mit der Wasserpistole hingelegt?
»Sie brauchen keine Angst zu haben«, vernahm sie wieder die Stimme. Am Türrahmen Halt suchend, blickte sie genauer hin. »Ich bin's, Earl Winters.«
Jetzt konnte sie die Umrisse seiner kräftigen, muskulösen Gestalt sehen. Reglos stand er in der Tür zwischen Diele und Küche, kaum zwei Meter von ihr entfernt. Beide Hände hielt er ausgestreckt vor sich, doch die Handflächen zeigten nach unten. Es war eine beruhigende Geste, keine Drohung. Er trug dunkle Kleidung, sie glaubte einen schwarzen Rollkragenpullover zu erkennen. Sein Haar war zerzaust, so als hätte er nervös darin herumgewühlt.
Das Herz klopfte ihr bis zum Hals, doch sie schaffte es, mit ziemlicher Gelassenheit zu sagen: »Schön, Mr. Winters. Ich bleibe ganz ruhig. Und jetzt verraten Sie mir bitte, wie Sie hier hereingekommen sind.«
Er schluckte hörbar. Er schien genauso nervös zu sein wie sie.
»Jemand gab mir einen Schlüssel.«
»Was? Wer hat Ihnen den Schlüssel gegeben? Und warum?«

»Das möchte ich auch gern wissen.«
Eine Pause trat ein. Bis sie sich soweit gefangen hatte, um fragen zu können: »Sind Sie derjenige, der mich angerufen hat? Der Muldoon den Brief am Halsband befestigt hat?«
Er schüttelte heftig den Kopf. »Nein! Ich bin ja selbst angerufen worden.«
»Von wem denn? Könnte es Wally Jeskie gewesen sein?«
»Keine Ahnung. Wie kommen Sie darauf?«
»Vor ein paar Stunden wurde er festgenommen. Es spricht alles dafür, daß er das Ganze in Szene gesetzt hat.«
Sie hörte, wie er erleichtert ausatmete. Doch dann schien er stutzig zu werden. »Vor ein paar Stunden, sagten Sie? Wissen Sie die genaue Zeit?«
»Es war kurz vor zwei. Oder sagen wir, zwischen halb zwei und zwei.«
»Sind Sie sicher?«
»Ich kann mich gar nicht vertun. Der Sheriff kam nämlich, um es uns zu erzählen, und ich erinnere mich noch, wie ich auf die Uhr sah und dachte, jetzt könnte ich noch fünf Stunden schlafen. Um sieben muß ich nämlich aufstehen.«
»Jeskie war's nicht«, entgegnete Winters mit flacher Stimme. »Ich wurde nämlich nach zwei angerufen.«
Ihr drehte sich der Magen um. »Möchten Sie darüber sprechen?«
»Ja, unbedingt!«
»Dann gehen wir ins Wohnzimmer. Da können wir uns hinsetzen.« Und dort liegt wenigstens meine Jacke mit der Wasserpistole in der Tasche, dachte sie.
Er nickte. »Machen Sie aber kein Licht.«
»Wie Sie wünschen.«
»Und schließen Sie Ihre Schlafzimmertür, damit kein Lichtschein nach draußen dringt.«
Langsam zog sie die Tür hinter sich zu. Nur durch den Spalt am Fußboden drang noch ein spärlicher Lichtstrahl. Winters' kräftige Gestalt war vollkommen vom Schatten verschluckt. Das einzige Licht kam jetzt vom Wohnzimmerfenster her. Es bildete in der stockdunklen Wohnung ein helles Viereck.
Darauf bedacht, keine plötzlichen Bewegungen zu machen, schritt Val langsam durch die Tür ins Wohnzimmer. Ihre Jacke,

sah sie, lag an einem Ende der Couch. Ob sie es schaffte, im Dunkeln die Wasserpistole zu finden? Und würde das Ammoniak auch tatsächlich wirken? Doch genügte es, um einen Mann außer Gefecht zu setzen? Katherine hatte es bestätigt, aber ...

Sie setzte sich neben der Jacke auf die Couch. Winters blieb zwei oder drei Meter entfernt am Tisch stehen.

»Sie haben mir immer noch nicht gesagt, aus welchem Grund Sie hier sind«, sagte sie, indem sie eine Hand wie zufällig auf die Jakke legte.

»Man hat mir aufgetragen, Sie umzubringen.«

Sie zuckte wie unter einem elektrischen Schlag zusammen. Alle Kraft schien sie zu verlassen. Ihre Finger, die vorsichtig die Jacke betasteten, bewegten sich schneller.

Sie öffnete den Mund, brachte jedoch kein Wort heraus. Dann, als sie ihre Stimme einigermaßen wieder unter Kontrolle hatte, hauchte sie: »Warum? Und wer?«

Er senkte den Blick. »Ich weiß es nicht.«

Dann schaute er zum Fenster. Verglichen mit dem dunklen Zimmer kam Val die Straßenbeleuchtung strahlend hell vor.

»Wer es auch ist«, fuhr Winters fort, »er sagte, er würde mich beobachten, um sicherzugehen, daß ich es auch tue. Deshalb wollte ich nicht, daß Sie Licht machen. Er könnte uns von der Straße aus beobachten.«

»Da komme ich nicht mehr mit. Wenn er ... Warum sind Sie denn nicht zur Polizei gegangen?«

»Er hat mir gedroht. Er sagte, er würde Jimmy umbringen, wenn ich die Polizei einschalte. Oder wenn ich mich weigerte, Sie zu töten.«

»Jimmy? Ist das Ihr Sohn?«

»Ja.«

Sie schluckte krampfhaft. Sie hatte jeden Zentimeter der Jacke abgetastet, ohne die rettende Wasserpistole zu finden.

»Und werden Sie es tun?« fragte sie.

»Ich will es nicht. Ich will herausfinden, wer mich beauftragt hat. Dann kann ich zur Polizei gehen. Aus diesem Grund war ich auch bei der Versammlung. Deshalb rief ich Sie am Sonntag an. Deshalb manipulierte ich an Ihrem Auto herum. Ich wollte, daß der Wagen noch ein paar Meilen fährt und dann stehenbleibt. Ich suchte einen Vorwand, um mit Ihnen ins Gespräch zu kommen, ohne daß jemand uns dabei beobachtet.«

»Und wenn Sie nicht herausfinden, wer Ihr Auftraggeber ist? Was dann? Werden Sie mich umbringen?«

»Ich weiß es nicht.« Sein Blick kehrte zu ihr zurück. »Ich weiß es wirklich nicht.«

Plötzlich durchfuhr sie ein neuer Schreck. Ihr war eingefallen, wo sie die Wasserpistole gelassen hatte. Zusammen mit dem Schlüsselbund hatte sie sie auf die kleine Dielenkommode gelegt.

Ihr Herz raste wie verrückt. Sie blickte an Winters vorbei zur Tür, überlegte krampfhaft, wie sie ohne seinen Verdacht zu erregen in die Diele gehen könnte.

Und während sie noch in die Dunkelheit starrte, bemerkte sie direkt in der Tür zur Diele einen langen Schatten, der schwärzer und undurchdringlicher war als die anderen. Ihr stockte der Atem.

Starr vor Schreck beobachtete sie, wie der Schatten langsam näher kam. Wie eine Schlange kroch ein Arm vor und rückte auf den Lichtschalter zu. Wenn Winters nichts bemerkte ...

Blitzartig fiel ihr ein, daß der Schatten zu dem Mann gehören mußte, der Winters befohlen hatte, sie umzubringen. Er hatte doch gesagt, er wolle ihn beobachten.

Im ersten Moment brachte sie vor Entsetzen keinen Laut heraus. Dann schrie sie: »Earl! Paß auf! Hinter dir ...«

Winters wirbelte herum, und mit einem Schlag war das Zimmer in blendende Helligkeit getaucht.

Ihre Augen schmerzten von der plötzlichen Helle, und unwillkürlich schloß sie sie. Als sie sie aufschlug und erkannte, wer das Zimmer betreten hatte, schrie sie vor Erleichterung auf.

Winters stand da wie versteinert, mit dem Rücken zu ihr. Ihm gegenüber, in der Tür zur Diele, stand Martin Forster. Er sah völlig verwahrlost aus: ohne Krawatte, sein dunkler Sakko starrte vor Schmutz und Staub, das Haar hing ihm wirr in die Stirn.

Mit zitternder Hand hielt er eine Pistole direkt auf Winters gerichtet.

»Martin! Gott sei Dank ...«

»Was hast du hier zu suchen, Winters?« stieß Martin mit bebenden Lippen hervor. »Wie bist du hier hereingekommen?«

Mit einer Hand mußte er die andere stützen, so stark zitterte er. Seine Stirn war in Schweiß gebadet. Sein Gesicht war eine verzerrte Fratze, der unstete, verstörte Blick irrte hin und her.

*Von seinem Platz gleich hinter Martin Forster beobachtete er das Schauspiel.*
*»Töte ihn!« wisperte er ihm ins Ohr. »Bring ihn um, bevor er ihr noch mehr Lügen erzählt! Töte ihn, bevor er sie ermordet, so wie er es mit Sandra getan hat! Du mußt jetzt schießen! Nimm Rache! Nimm Rache für uns beide!«*
*Doch die zitternden Finger, die die Waffe umklammert hielten, wollten nicht gehorchen. Beide Hände reichten nicht aus, um die Pistole ruhig zu halten. Er fühlte, wie sich Forster der Magen umdrehte. Er durchlebte mit Forster den verzweifelten Kampf. Der Verstand weigerte sich zu glauben, was er sah und hörte. Genauso, wie es sich fünf Jahre zuvor schon einmal abgespielt hatte. Das Gehirn wollte die grausame Wahrheit löschen, weil sie zu entsetzlich war, weil sein Geist sich nicht damit abfinden konnte.*
*Und dann wurde ihm klar, was er längst hätte wissen müssen: Dieser rückgratlose, feige Schwächling hielt einfach nicht durch. Damals hatte er sie nicht beschützen können, und jetzt konnte er es auch nicht. Er hatte ihm die Chance gegeben, die einzige und letzte Chance alles wiedergutzumachen. Doch er war nicht fähig, sie zu nutzen.*
*Wieder einmal blieb ihm keine andere Wahl. Er konnte nur noch eines tun, wenn er einen Funken Selbstachtung behalten wollte.*

## 17

»Martin«, keuchte Val, »dich schickt der Himmel! Aber was ist hier eigentlich los?«
Sie stand auf und rückte so weit von Winters ab, wie es der Platz im Zimmer zuließ. Mit einemmal straffte Martin die Schultern. Gleichzeitig hörte das Zittern auf, so abrupt, als hätte es jemand mit einem Knopfdruck abgeschaltet. Der Lauf der Pistole richtete sich auf Winters.
»Hast du wirklich gedacht, ich ließe dich so davonkommen, Winters?« Die Stimme klang scharf, und ein feines Lächeln kräuselte

seine Lippen. Jede Spur von Zaudern oder Unsicherheit war schlagartig von Martin abgefallen. Er wirkte geradezu unheimlich ruhig.

»Ich rufe den Sheriff an«, rief Val. Sie wollte an Martin vorbeischlüpfen. »Das Telefon steht im Schlafzimmer.«

»Nein!« schnappte Martin. »Du bleibst, wo du bist.«

»Aber Martin . . .«

»Nein, habe ich gesagt!«

»Martin, was ist mit dir los? Hast du den Verstand verloren?«

Er sah sie nicht an. Mit Spott in der Stimme versetzte er: »O nein, mir geht's hervorragend.« Er lachte schallend. »Zum erstenmal seit fünf Jahren geht es mir wieder gut. Und in ein paar Minuten wird es mir sogar noch besser gehen.« Ohne zu zittern zielte er auf Winters' Brust. »Sobald ich eine alte Rechnung beglichen habe.«

»Martin, bitte! Ich verstehe zwar nicht, wovon du redest, aber jemand hat Winters gezwungen . . .«

Sein schrilles Lachen schnitt ihr das Wort ab. »Ich weiß. Ich habe die verrückte Geschichte gehört, die er dir aufgetischt hat. Und du hast ihm das wirklich abgenommen?«

»Aber warum sollte er sonst – Martin, ich begreife überhaupt nichts mehr!« Sie schrie die Worte beinahe hinaus.

»Ich glaube, daß du die Welt nicht mehr verstehst. Aber unser Freund hier weiß genau, wovon ich rede.« Martin stieß den Arm mit der Pistole vor, und Winters zuckte zusammen. »Nicht wahr, Earl? Du weißt, was gleich passiert – und warum es passiert. Nur weil dieser andere Idiot ein Schwächling war, brauchst du mir nicht auch zu entkommen.«

Martin stieß ein verächtliches Schnauben aus. »Bilde dir bloß nicht ein, ich sei auch so ein Feigling, der den Kopf in den Sand steckt und nichts sehen und hören will. Dieses Mal hast du es nämlich mit mir zu tun! Aber du hast Glück – es wird schnell gehen.«

Martin machte wieder eine Bewegung mit der Pistole, als wolle er Winters damit aufspießen. »Du hast nur noch ein paar Minuten, Winters. Sie entschädigen mich nicht für all die Jahre, aber es muß genügen.«

»Martin . . .«, begann Val, doch er schnitt ihr das Wort ab.

»Halt dich hier raus«, zischte er. »Misch dich nicht in etwas ein, das du nicht verstehst. Das du gar nicht verstehen kannst!«
In der kurzen Stille, die folgte, sprach Winters seit Martins Auftauchen zum erstenmal. In seiner Stimme schwang Verblüffung mit. »Du bist also derjenige, der mich angerufen hat! Du hast mir befohlen, ich soll sie umbringen!«
»Martin!« keuchte Val. Ihr ging auf, daß Winters recht hatte. »Warum, Martin? Warum soll ich sterben?«
»Ich sagte dir, halt du dich hier raus. Das geht dich nichts an. Das hier ist etwas, was ich mit diesem Mörder allein abmache.«
»Du befiehlst ihm, mich umzubringen und sagst mir, es ginge mich nichts an?«
»Herrgott noch mal«, brauste Martin auf. »Ich wollte ja nicht, daß er dir wirklich etwas antut. Verstehst du das denn nicht? So viel wirst du doch wohl noch verstehen können! Mir lag nur daran, diesem Idioten Forster noch eine Chance zu geben – eine Chance, alles wiedergutzumachen!«
Er unterbrach sich und schüttelte heftig den Kopf. »Aber das ist jetzt hinfällig. Forster hat wieder versagt, es ist also nicht mehr wichtig. Doch ich versage nicht!«
Val klammerte sich an eine Stuhllehne; sie brauchte einen Halt. Das ganze Zimmer schien sich um sie zu drehen.
»Schön, Martin«, sagte sie, nachdem der erste Schock abgeklungen war. Im Sprechen ließ sie den Stuhl los und bewegte sich langsam auf Martin zu, der ein paar Schritte ins Zimmer hineingetreten war. Sie wollte an ihm vorbei in die Diele schlüpfen. »Du hast sicher recht. Und jetzt rufe ich den Sheriff an.«
»Nein!« zischte er aufgebracht. »Ich habe mich durch Forster nicht beeinflussen lassen, und du wirst mir nicht alles wieder kaputtmachen.«
»Du willst doch nicht, daß mir etwas passiert, Martin, nicht wahr?« Das Sprechen bereitete ihr Mühe. Seitwärts rückte sie immer näher an die Tür heran. »Ich weiß, daß du es gut mit mir meinst. Du willst mich beschützen. Du hast sogar jemanden beauftragt . . .«
»*Forster* hat den Detektiv beauftragt, nicht ich! Begreifst du das denn nicht?«
»Schon gut!« Sie achtete darauf, seinen Namen nicht mehr zu be-

nutzen. »Schon gut, ich verstehe ja.« Sie befand sich jetzt ungefähr mit ihm auf gleicher Höhe. Noch ein halber Meter, und sie konnte in die Diele entwischen. »Ich verstehe«, wiederholte sie. Es war ihr unmöglich, einen zusammenhängenden Gedanken zu fassen.

»Zurück mit dir!« brüllte er sie an. Seine Blicke irrten zwischen ihr und Winters hin und her. »Ich habe dir gesagt, misch dich in nichts ein!«

Als sie seiner Aufforderung nicht gleich nachkam, machte er eine halbe Drehung und umspannte schmerzhaft ihren Arm.

»Zurück, habe ich gesagt! Der Sheriff hat hier nichts zu suchen!«

Er stieß sie so heftig in einen Sessel, daß der Sessel ein Stück nach hinten rutschte.

Der kurze Augenblick, in dem Martin abgelenkt war, hatte Winters genügt. Er sprang vor und schlug Martin die Pistole aus der Hand. Sie flog quer durch das Zimmer und landete krachend an der Wand unter dem Fenster. Martin erhielt einen Fausthieb gegen die Schläfe, der ihn gegen die Wand taumeln ließ. Dann lief Winters zum Fenster und hob die Pistole auf.

Er atmete schwer. Sein Blick glitt zu Val, und sie glaubte Traurigkeit in seinen Augen zu sehen, keinen Triumph. Dann kehrte sein Blick zu Martin zurück, der sich mit einer Hand am Türrahmen festhielt und die andere gegen die Schläfe preßte.

Winters bewegte sich auf Martin zu, packte ihn beim Arm und stieß ihn weiter ins Zimmer. Während Martin taumelnd weiterging, bemerkte Val einen dünnen Blutfaden, der die Schläfe entlang und über die Wange lief. Seine Augen waren glasig, doch allmählich klärte sich sein Blick.

Winters, dessen Brust sich in schweren Atemzügen hob und senkte, blickte Val an, die kraftlos in ihrem Sessel kauerte. Wieder bildete sie sich ein, einen Ausdruck tiefer Trauer in Winters' Augen zu lesen. Doch dann verhärtete sich sein Blick.

»So«, sagte er zu Martin gewandt. »Jetzt werden wir doch mal sehen, wer hier wen in Schach hält.«

Martin, der immer noch leicht schwankte, herrschte Val vorwurfsvoll an: »Siehst du, was du jetzt angerichtet hast? Du hast uns beide umgebracht. Ist dir das klar?« Aus seiner Stimme klang Angst und Verzweiflung.

Einen Moment lang gewann in Val die Wut die Oberhand und verdrängte sogar ihre Furcht. »Ich wollte doch nur den Sheriff anrufen!« begehrte sie auf. »Du sahst ja aus, als wolltest du ihn jeden Augenblick kaltblütig über den Haufen schießen!«
Martin schüttelte verwundert den Kopf. »Begreifst du immer noch nicht? Er hat Sandra ermordet. Ich habe es gesehen!«
»Aber wenn du es gesehen hast, warum hast du es dann nicht der Polizei gemeldet? Das liegt doch schon fünf Jahre zurück! Warum . . .«
»Weil dieser rückgratlose Idiot sich weigerte, der Wahrheit ins Gesicht zu sehen!«
Angstvoll wandte Val sich an Winters. »Das stimmt doch nicht, oder?«
Bildete sie es sich nur ein, oder huschte tatsächlich ein Ausdruck der Erleichterung über seine Züge? »Leider ist das die Wahrheit, Miss Hamilton. Aber alles andere habe ich nicht gewollt.«
»Sie haben Sandra tatsächlich umgebracht?«
Er kniff die Augen zusammen. »Sie hat meinen Sohn getötet. Es war nur gerecht, daß sie auch sterben mußte.«
»Ihr Sohn lebt doch. Sie sagten vorhin . . .«
»Nicht Jimmy! Sie hat das Kind abgetrieben.«
Blitzartig kam ihr die Erleuchtung. Also hatte die Abtreibung ihr doch den Tod gebracht, nur anders, als Thelma vermutete. Der Vater des Kindes, nicht Martin Forster, hatte sie erwürgt.
»Ziehen Sie die Vorhänge vor«, befahl Winters. Die Hand mit der Pistole steckte er in die Jackentasche.
Val stand mühsam auf und blieb eine Sekunde lang unschlüssig stehen. Ihr Herz klopfte so heftig, daß sie glaubte, die anderen müßten es hören. Wollte Winters sie und Martin irgendwohin bringen und dann erschießen? Auf jeden Fall mußten sie dann durch die Diele und an der Kommode vorbei, auf der die Wasserpistole lag. Vielleicht gab es doch noch eine Chance – wenn auch nur eine winzige.
Winters im Auge behaltend zog sie die Vorhänge zu. Sie schätzte die Entfernung zur Tür ab. Wenn sie spurtete . . .
Vom anderen Ende der dunklen Diele her ertönte plötzlich ein lautes Geschepper. In die beklemmende Stille hinein wirkte es wie ein Donnerschlag. Winters warf sich herum. Wortlos lief er

in die Diele.
Val zögerte keine Sekunde. Wie der Blitz schoß sie ihm nach. Blindlings tastete sie über die Platte der Kommode. Ihre Finger fanden den Schlüsselbund und stießen ihn klirrend zu Boden. Dann schloß sich ihre Hand über die Wasserpistole.
Winters, der das Klappern des fallenden Schlüsselbundes gehört hatte, stockte und drehte sich um. Seine Hand steckte immer noch in der Jackentasche, doch nun zog er sie heraus.
Ohne zu zielen hob Val die Wasserpistole und drückte mehrmals in kurzen Abständen ab. Das Ammoniak spritzte aus dem Lauf, sprühte im Bogen durch die Luft, benetzte den Fußboden und traf Winters mitten auf die Brust.
Seine Hand, die die Pistole hielt, hob sich. Sie drückte von neuem ab, zielte diesmal höher, und der Ammoniakstrahl traf ihn auf Hals und Kinn. Sie kniff die Augen zu, wollte die Pistole nicht sehen, die auf sie gerichtet war.
Dann stieg ihr der beißende Geruch in die Nase.
Die Hand mit der Pistole hielt er immer noch erhoben, doch der Lauf zeigte nicht mehr auf sie. Winters' Gesicht verzerrte sich, und er rang keuchend nach Luft.
Klappernd fiel die Pistole zu Boden. Mit angehaltenem Atem stürmte Val vor, bückte sich nach der Waffe, rannte zur Tür und riß sie nach einem verzweifelten Kampf mit der Kette auf. Sie taumelte nach draußen, in die frische, kühle Luft.
Kurz darauf, Winters hatte sich den ammoniakgetränkten Pullover vom Leib gerissen und lehnte keuchend an der offenen Tür, hörte sie vertraute Geräusche, die aus der Küche zu kommen schienen. Zuerst Muldoons unverkennbares Miauen, dann das Kratzen seiner Krallen, als er versuchte, den Deckel von der Futterbüchse zu entfernen, die er wenige Minuten zuvor so geräuschvoll auf den Boden geworfen hatte. Und schließlich zufriedenes Schmatzen.
Vals Augen füllten sich mit Tränen.

Zwei Stunden nachdem Val zuerst den Sheriff und dann Dan angerufen hatte, kam die ganze Geschichte heraus. Winters gestand, daß er Sandra ermordet hatte. »Weil sie meinen Sohn abgetrieben hat.«

Val war bei der Vernehmung anwesend. Manches hatte sie sich schon bei Martins Konfrontation mit Winters zusammengereimt, doch nun fügte sich das Puzzle zu einem vollständigen Bild. Winters hatte zwar an ihrem Auto herummanipuliert, aber sonst war Martin der Urheber des Ganzen. Sie erfuhr, auf welche Weise er sich einen Nachschlüssel zu ihrem Haus verschafft hatte, daß er Sandras Schlüssel zu Thelmas Haus immer noch besaß und sich so in den Besitz ihrer Schmuckstücke bringen konnte. Der Schlüssel hatte es ihm überdies ermöglicht, den letzten Anruf von Thelmas Haus aus zu führen und die Beweisstücke gegen ihren Mann in dessen Schreibtisch zu schmuggeln.
Mit großen Augen lauschte Val Martins Schilderung, wie er vor einem Jahr Milwaukee besucht und sie bei dieser Gelegenheit gesehen hatte. Ihre Ähnlichkeit mit Sandra beeindruckte ihn so sehr, daß er beschloß, sie nach Hazleton zu locken, damit er Sandra »wiederauferstehen« lassen konnte. Sein Plan war, die Mordszene noch einmal nachzustellen, um »diesem Feigling Forster eine zweite Chance zu geben, ihm eine Gelegenheit zu verschaffen, den begangenen Fehler ungeschehen zu machen«.
»Damit wir beide den Kopf wieder hoch tragen können«, lautete seine Begründung.
Für Val war es ein erschütterndes Erlebnis, in Sheriff Lawrences nüchternem Büro mit anhören zu müssen, daß Martin über sich selbst sprach wie über einen vollkommen fremden Menschen. Einen Menschen, den er abgrundtief haßte und verachtete.
»Er hätte sie retten können, aber er rührte keinen Finger!« klagte er ihn an. »Er stand vor dem Fenster und bespitzelte sie wie ein kleiner gewöhnlicher Spanner! Er sah sie mit Winters zusammen und dachte sich: ›Ich habe es geahnt! Sie hat sich nicht gebessert! Sie spielt dir nur eine Komödie vor. Daß sie dich geheiratet hat, die Drohungen, die Anrufe, selbst die tote Katze – alles dient nur dazu, dich hinters Licht zu führen! Alles gehört zu einem klug ausgetüftelten Plan. Und jetzt trifft sie sich mit ihrem Geliebten – in deinem eigenen Haus – und lacht über dich!‹«
Martin unterbrach sich und kämpfte gegen die aufsteigenden Tränen an. »Forster sah nicht, was sich direkt unter seinen Augen abspielte. Er begriff die Wahrheit erst, als Winters ihr die Hände um den Hals legte. Und selbst dann unternahm er nichts! Nichts!

Er rührte sich nicht vom Fleck! Er sah zu, wie Sandra vor seinen Augen erdrosselt wurde, hörte sie schreien und nach Luft ringen, tat aber *nichts*! Er war zu feige ihr zu helfen. Er war sogar zu feige, sich an sein eigenes Versagen zu erinnern!«
Mit monotoner Stimme setzte er seinen Monolog fort: »Fünf Jahre lang verdrängte er die Erinnerung an das entsetzliche Geschehen und unternahm nichts. Und mir waren auch die Hände gebunden. Bis ich diese Frau sah, Valerie Hamilton. Ich wußte, sie ist unsere Rettung. Doch selbst nachdem ich es geschafft hatte, sie hierherzulocken, versagte er schon wieder – er ist eben eine vollkommene Niete! Dabei gab ich ihm jede Unterstützung . . .«
Martin stieß einen Laut der Verachtung aus. »*Er* und sie dazu bewegen, *ihn* zu heiraten? Unmöglich! Aber das hätte *ich* mir ja gleich denken können. *Ich* hätte ihn besser kennen sollen. Doch *ich* machte für ihn weiter, räumte ihm die Steine aus dem Weg und stellte die Weichen. Trotz seiner Feigheit und Dummheit hätte *ich* fast gewonnen. Es hatte nicht viel gefehlt, und es hätte geklappt . . .«
Die Sonne war noch nicht aufgegangen, als Val und Dan aus dem Büro des Sheriffs kamen. Langsam schlenderten sie über den Parkplatz. Im Osten färbte sich der Himmel bereits blau, und ein paar hohe weiße Wolken fingen die ersten rötlichen Strahlen der Sonne ein, die sich noch hinter dem Horizont versteckte.
Auf dem Rasenstreifen neben dem Bürgersteig glänzte der Tau. Val schloß die Jacke bis zum Hals, um sich vor der feuchten Kälte zu schützen.
Das einzige Lebenszeichen kam von *Avery's Café,* einer kleinen Imbißstube auf der anderen Straßenseite. Bill Avery, über den Jeans und dem Flanellhemd eine frisch gestärkte weiße Schürze, bereitete alles für das Frühstücksgeschäft vor, das in wenigen Minuten beginnen würde.
»Laß uns da reingehen.« Val blieb stehen und deutete auf das Café. »Wenn man so knapp mit dem Leben davongekommen ist, bekommt man Hunger. Dann möchte ich auch noch für jemand eine Belohnung kaufen.«
»Eine Belohnung? Für wen denn? Doch bestimmt nicht für mich. Eine große Hilfe war ich dir nicht.«
»Die Belohnung ist auch nicht für dich gedacht. Obwohl du viel

für mich getan hast.« Sie stellte sich auf die Zehenspitzen und drückte einen Kuß auf sein unrasiertes Kinn.
»Darf ich das als Ermutigung auffassen?«
Er neigte den Kopf, um ihren Kuß zu erwidern.
»Was denn sonst?« Es klang undeutlich und gedämpft, weil seine Lippen auf ihren lagen.
Zögernd ließ er sie los. »Du sagtest doch, die Belohnung sei nicht für mich.«
»Der Kuß war keine Belohnung. Nur Vergnügen.«
Lachend nahm er ihre Hand, und sie überquerten die Straße. »Na schön. Und wer bekommt die Belohnung?«
»Liegt das nicht auf der Hand? Der wahre Held dieser Nacht. Erstens hat er durch mutigen Einsatz Martins Plan durcheinandergebracht, und später rettete er auch noch mir und Martin das Leben.« Lachend betrat sie das Café. »Und ich weiß, daß er sich unheimlich über eine Portion gutes, rohes Hackfleisch freuen wird.«
Val hatte recht. In den zwei Minuten, die Muldoon brauchte, um seine Belohnung zu verspeisen, konnte er vor Begeisterung nicht einmal mehr schnurren.